SEHEN · STAUNEN · WISSEN

INSEKTEN

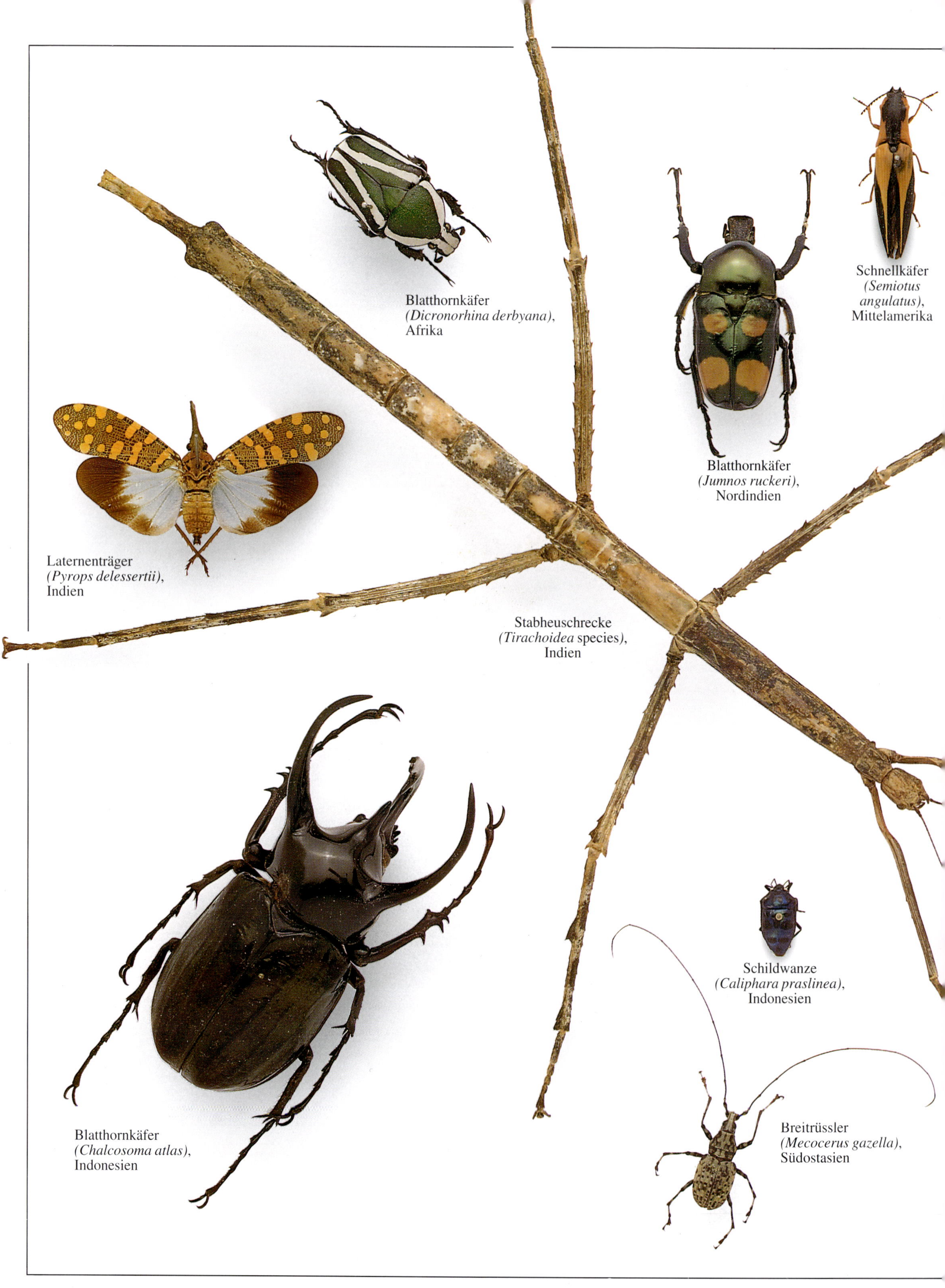

Blatthornkäfer
(Dicronorhina derbyana),
Afrika

Schnellkäfer
(Semiotus angulatus),
Mittelamerika

Blatthornkäfer
(Jumnos ruckeri),
Nordindien

Laternenträger
(Pyrops delessertii),
Indien

Stabheuschrecke
(Tirachoidea species),
Indien

Schildwanze
(Caliphara praslinea),
Indonesien

Blatthornkäfer
(Chalcosoma atlas),
Indonesien

Breitrüssler
(Mecocerus gazella),
Südostasien

Schmeißfliege *(Calliphora vomitoria)*, weltweit verbreitet

Sandbiene *(Andrena fulva)*, Europa

SEHEN · STAUNEN · WISSEN

INSEKTEN

Hirschkäfer *(Phalacrognathus mulleri)*, Nordaustralien

Die interessantesten und schönsten Kerbtiere aus aller Welt

Text von Laurence Mound

Kurzflügelige Beißschrecke *(Metrioptera brachyptera)*, Europa

Blattkäfer *(Doryphorella 22-punctata)*, Südamerika

Schildkäfer *(Eugenysa regalis)*, Südamerika

Bockkäfer *(Callipogon senex)*, Mittelamerika

Schildwanze *(Sphaerocoris annulus)*, Afrika

Zottenkurzflügler *(Emus hirtus)*, Europa

Goldwespe *(Stilbum splendidum)*, Australien

Schildwanze *(Cantao ocellatus)*, Indonesien

Blattkäfer *(Doryphorella princeps)*, Südamerika

Gerstenberg Verlag

Schmetterling
(*Ancyclurıs formosıssıma*),
Südamerika

Schildwanze
(*Poecilocoris latus*),
Indien

Hummel
(*Bombus monticola*),
Europa

Dungkäfer
(*Phanaeus demon*),
Mittelamerika

Dungkäfer
(*Coprophanaeus lancifer*),
Südamerika

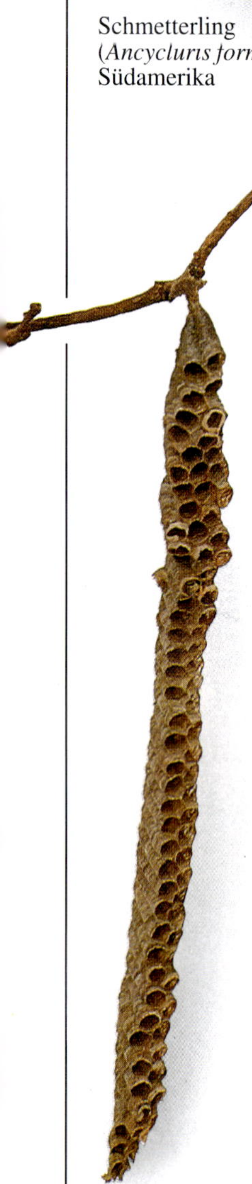

Waldwespe
(*Dolichovespula sylvestris*),
Europa

Bockkäfer
(*Sternotomis bohemanni*),
Ostafrika

Bibliografische Information der Deutschen Bibliothek

Die Deutsche Bibliothek verzeichnet diese Publikation in der Deutschen Nationalbibliografie; detaillierte bibliografische Daten sind im Internet über *http://dnb.ddb.de* abrufbar.

Ein Dorling-Kindersley-Buch
Originaltitel: Eyewitness Guides: Insect

Projektleitung: Helen Parker
Lektorat: Sophie Mitchell, Sue Unstead
Layout und Gestaltung:
Peter Bailey, Julia Harris, Anne-Marie Bulat
Fotografie: Colin Keates, Neil Fletcher, Frank Greenaway,
Jane Burton, Kim Taylor, Oxford Scientific Films

Aus dem Englischen von
Margot Wilhelmi, Sulingen

Satz: Gerstenberg Druck GmbH, Hildesheim
Printed in China

www.gerstenberg-verlag.de

ISBN 978-3-8067-4555-9

07 08 09 10 11 6 5 4 3

Prachtkäfer
(*Chrysochroa chinensis*),
Indien

Sandlaufkäfer
(*Manticora scabra*),
Ostafrika

Riesenameise
(*Dinoponera grandis*),
Brasilien

Blatthornkäfer
(*Agestrata luzonica*),
Philippinen

Nachtfalter
(*Eremobia ochroleuca*),
Europa

Blatthornkäfer
(*Trichaulax macleayi*),
Nordaustralien

Inhalt

Nashornkäferlarve (*Oryctes centaurus*), Neuguinea

Bauplan eines Insekts

Im Bauplan eines Insekts gibt es kaum eine Entsprechung zu unserem Körperbau: Wir atmen mit Lungen, Insekten mit inneren Atemröhren, den Tracheen, wir sehen mit Linsenaugen, Insekten mit aus vielen kleinen Augen zusammengesetzten Komplexaugen; Insekten besitzen ein Außenskelett aus Chitin, Säuger ein Innenskelett aus Knochen. Wegen dieses Chitinpanzers behalten erwachsene Insekten ihre Größe bei. Die Jugendstadien (Raupen, Maden), die sich oft völlig vom erwachsenen Insekt („Vollkerf“) unterscheiden, müssen diese Hülle von Zeit zu Zeit abwerfen, sich häuten. Unter dem alten Panzer befindet sich schon eine neue, noch elastische Chitinhaut. Zur Häutung bläst sich das Insekt mit Luft auf, die alte Haut platzt und es kann sich herauszwängen.

GEFALTETER HINTERFLÜGEL
Damit er unter den steifen Deckflügel passt, muss der größere Hinterflügel, mit dem der Käfer fliegt (S.12–13), gefaltet werden. Ermöglicht wird das durch vorgebildete Falten und durch gelenkartige Unterbrechungen der Flügeladern.

KÄFERKÖRPER
Dieser Prachtkäfer (*Euchroma gigantia*, Südamerika) ist in dreifacher Lebensgröße abgebildet. Er zeigt die für Insekten typische Dreiteilung des Körpers in Kopf, Brust (Thorax) und Hinterleib (Abdomen). Wie bei anderen Gliederfüßern (S.8–9) bestehen diese Abschnitte aus ringförmigen Segmenten, die Beine sind gegliedert.

HINTERLEIB
Im Abdomen liegen Verdauungssystem, Herz und Geschlechtsorgane. Wie die anderen Körperteile ist auch der Hinterleib von einem festen Panzer aus hartem Chitin umschlossen. Doch zwischen den Hinterleibsringen ist der Körper beweglich. Das ganze Tier ist von einer Wachsschicht überzogen, die den Wasserverlust möglichst gering hält.

VORDERFLÜGEL
Bei den Käfern sind die Vorderflügel zu harten Deckflügeln (Elytren) umgebildet. Diese schützen den Körper und sind oft leuchtend gefärbt (S.30–31). Im Flug (S.12–13) werden sie abgespreizt.

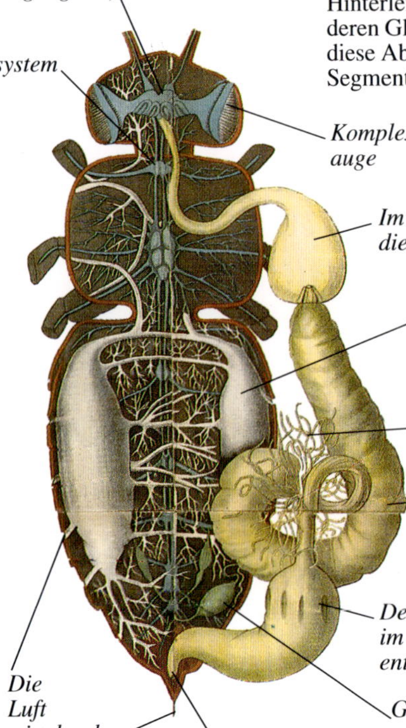

INNERE ORGANE
Die Abbildung zeigt die inneren Organe einer Honigbiene. Gelb dargestellt ist der Darmkanal mit Honigmagen, Mitteldarm und Enddarm. Die fädigen Anhänge sind die Malpighi'schen Gefäße (Funktion einer Niere). Das Atemsystem (weiß) besteht aus einem Netz verzweigter Röhren (Tracheen), die nach außen in Atemöffnungen münden. Die beiden Luftsäcke am Hinterleib dienen dem besseren Luftaustausch im Tracheensystem. Das schlauchförmige Herz pumpt das Blut durch den oberen Körperbereich. Weitere Blutgefäße sind nicht vorhanden. Das Blut tritt aus dem Herzen aus und versorgt die übrigen Organe mit Nährstoffen. Das Nervensystem (blau) besteht aus einem doppelten Nervenstrang, der in jedem Körperring ein Nervenknotenpaar aufweist. Die Nervenknotenpaare im Kopfbereich bilden das „Gehirn“ des Insekts. Die weiblichen Geschlechtsorgane und der Giftbehälter, der mit dem Stachel in Verbindung steht, sind grün dargestellt.

BEINE

Insekten besitzen drei Paare gegliederter Beine (S.18–19), die je nach Art zum Laufen, Rennen oder Springen dienen. Jedes Bein besteht im Wesentlichen aus vier Teilen: Das Hüftglied (Coxa) verbindet das Bein mit der Brust; die meisten Muskeln sitzen im Schenkel (Femur); die Schiene (Tibia) weist oft stachelige Anhänge zur Verteidigung auf; der Fuß (Tarsus) besteht aus einem bis fünf Gliedern und trägt zwei Klauen, zwischen denen Haftballen zum Festhalten und Laufen an glatten Flächen sitzen können.

RUNDUMSCHUTZ

Ein Panzer gleicht einem großen Käfer, dessen harte Außenhaut die wichtigen Innereien vor Feinden schützt.

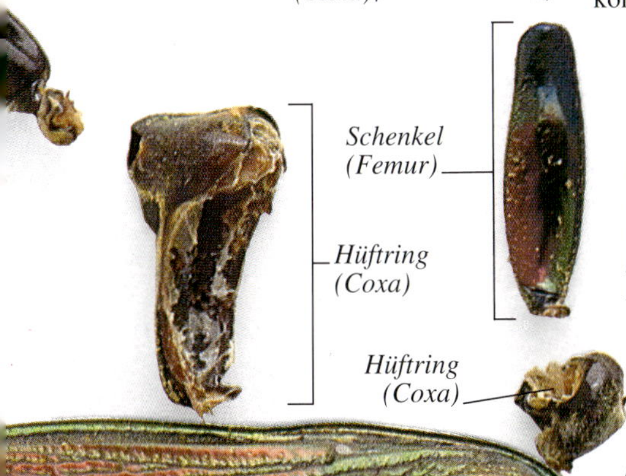

Der zweite und dritte Brustring tragen je ein Flügelpaar und ein Beinpaar.

Jeder Fuß trägt zwei Klauenglieder zum Klettern an rauen Oberflächen.

INFORMATIONSAUFNAHME

Am Kopf sitzen die Mundwerkzeuge (S.20–21) sowie die wichtigen Sinnesorgane wie Komplexaugen (S.14–15), Fühler (S.16–17) und die Taster (Kiefertaster und Lippentaster), mit denen das Insekt Informationen über Geschmack und Geruch seiner Nahrung aufnimmt.

FÜHLER

Bei Insektenfühlern (Antennen) gibt es eine erstaunliche Formenvielfalt, z.B. lange, dünne Fühler (Grillen) oder kurze, haarförmige (manche Fliegen). Bei allen Insekten tragen die Fühler Sinneszellen zur Wahrnehmung von Schwingungen und Gerüchen.

Am ersten Brustabschnitt sitzt das vordere Beinpaar.

KOMPLEXAUGEN

Die Augen der Insekten (S.14–15) sind aus hunderten von winzigen Einzelaugen zusammengesetzt. Daher können Insekten Bewegungen aus fast allen Richtungen gleichzeitig wahrnehmen.

BRUST

Die Brust besteht aus drei Abschnitten (Ringen). Der erste trägt das erste Beinpaar und ist meist deutlich von den beiden nächsten abgesetzt, die je ein Flügelpaar und ein Beinpaar tragen. Der zweite und dritte Brustring sind eng mit dem Hinterleib verbunden.

Die gegliederten Fühler nehmen Schwingungen und Gerüche wahr.

AUSGEBREITETER HINTERFLÜGEL

Die Flügel besitzen keine Muskeln. Beim Anheben der Deckflügel entfaltet die indirekte Flugmuskulatur in der Brust durch Zug an der Flügelvorderseite automatisch den Flügel (S.12–13).

Die Atemöffnungen lassen sich verschließen. So werden Luftzufuhr und Wasserverlust kontrolliert.

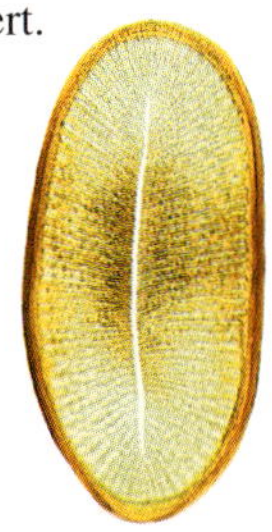

FRISCHE LUFT SCHNAPPEN

Insekten atmen mit Röhren (Tracheen), die ausgehend von Atemöffnungen im Chitinpanzer den Körper durchziehen. Raupen besitzen ein Paar solcher Öffnungen pro Körperring; bei Fluginsekten sind die wenigen Atemöffnungen durch ein Luftkanalsystem verbunden, durch das die Tiere aktiv aus- und einatmen können.

Was ist ein Insekt?

Lauf-
käfer

Marien-
käfer

KÄFER
Bei den Käfern (Ordnung *Coleoptera* = „Deckflügler“, S.30–31) sind die Vorderflügel zu harten Deckflügeln (Elytren) umgebildet, die die zarten Hinterflügel und den Körper schützen.

Insekten zeigen Anpassungen an praktisch alle Lebensräume zu Land, zu Wasser und in der Luft. So findet man Insekten in sengenden Wüsten und heißen Quellen, auf schneebedeckten Berggipfeln und in eiskalten Seen. Ihre geringe Größe ermöglicht ihnen ein Leben in den kleinsten Ritzen und Spalten und ein Auskommen mit wenig Nahrung. Insekten sind wirbellose Tiere, d.h. sie haben im Gegensatz zu Säugern, Fischen, Reptilien, Amphibien und Vögeln keine Wirbelsäule. Sie gehören zum Wirbellosenstamm der Gliederfüßer (Arthropoden), charakterisiert durch ein hartes, schützendes Außenskelett (S.6–7) und gegliederte Beine. Von den übrigen Gliederfüßern unterscheiden sich die Insekten dadurch, dass sie nur sechs Beine besitzen und meist Flügel, die ihnen eine größere Beweglichkeit verleihen und bei Gefahr eine schnelle Flucht ermöglichen. Heute kennt man über 1 Million Insektenarten, doch es sind bei weitem noch nicht alle Arten entdeckt. Jede Art lässt sich einer größeren Gruppe (Gattung, Familie, Ordnung) mit charakteristischen Gruppenmerkmalen zuordnen.

Eintags-
fliege

EINTAGSFLIEGEN
Eintagsfliegen (*Ephemeroptera*) leben nur wenige Stunden bis einige Tage; die Larvenentwicklung im Wasser dauert dagegen Monate oder Jahre.

Fliege

FLIEGEN UND MÜCKEN
Fliegen und Mücken (S.32–33) gehören zur Ordnung *Diptera* („Zweiflügler“), denn sie besitzen nur ein Flügelpaar. Die Hinterflügel sind zu winzigen Balanceorganen (Halteren) umgebildet (S.13).

Wespe

Biene

Ameise

WESPEN, AMEISEN UND BIENEN
Wespen, Bienen und Ameisen (S.38–39) gehören zur Ordnung *Hymenoptera* („Hautflügler“). Sie besitzen zwei Paare häutiger Flügel. Die Männchen entwickeln sich aus unbefruchteten Eiern und spielen eine untergeordnete Rolle. Die Weibchen besitzen meist einen Lege- oder Wehrstachel.

SCHABEN
Diese abgeplatteten Insekten (Ordnung *Blattaria*, S.41) besitzen harte, überlappende Vorderflügel. Junge Schaben sehen aus wie kleine, flügellose Vollkerfe.

Wanze

WANZEN
Die Vorderflügel der echten Wanzen (*Hemiptera* = „Halbflügler“, S.36–37) sind am Ansatz hart, zur Spitze hin aber dünnhäutiger. Wanzen besitzen stechend-saugende Mundwerkzeuge.

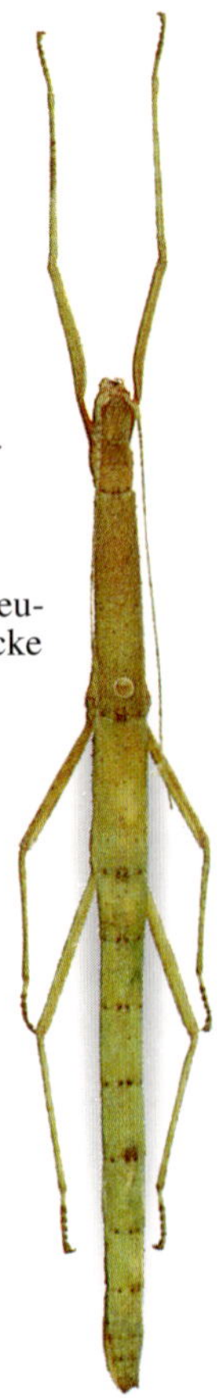

Stabheu-
schrecke

Libelle

LIBELLEN
Die räuberischen Libellen (Ordnung *Odonata* = „Bezahnte“) besitzen große, kräftige Kiefer. Die Larven (Nymphen) leben im Wasser und kommen erst an die Luft, wenn sie sich zum Fluginsekt häuten (S.26–27).

Ohrwurm

OHRWÜRMER
Ohrwürmer (Ordnung *Dermaptera*, S.41) besitzen häutige Hinterflügel, die kunstvoll gefaltet unter den kurzen Vorderflügeln verborgen sind.

Tagpfauenauge (Schmetterling)

SCHMETTERLINGE
Das kennzeichnende Merkmal der Schmetterlinge (Ordnung *Lepidoptera* = „Schuppenflügler“, S.34–35) sind zarte Schuppen (S.13), die den Körper und die Flügel bedecken und ihnen die oft schillernden Farben verleihen.

Ringelspinner (Schmetterling)

Gras-
hüpfer

GRILLEN UND GRASHÜPFER
Heuschrecken (Ordnung *Orthoptera* = „Geradflügler“) besitzen kräftige Hinterbeine, mit denen sie hüpfen und zirpen.

GESPENSTSCHRECKEN
Blatt- und Stabheuschrecken (S.40) sehen aus wie die Zweige und Blätter, die sie fressen (S.45).

Keine Insekten!

Oft werden Gliederfüßer aus anderen Klassen mit Insekten verwechselt. Spinnen und Skorpione besitzen im Gegensatz zu den sechsbeinigen Insekten acht Beine (vier Beinpaare). Kopf und Brust sind bei ihnen verschmolzen. Spinnentiere besitzen auch keine Flügel, keine Fühler und anstelle von Komplexaugen (S.14–15) nur einfache Augen. Krabben und Garnelen, Asseln und Hundertfüßer besitzen mehr Beine als die Insekten – die Doppelfüßer sogar zwei Beinpaare pro Körperring. Ein Regenwurm mit seinen vielen deutlichen Segmentringen dagegen besitzt keine Beine und auch keinen deutlich abgesetzten Kopf. Schnecken und Seesterne zeigen einen völlig anderen Körperbau, sie gehören zu anderen Tierstämmen.

WIRBELTIERE
Vögel, Fische, Eidechsen (Reptilien), Frösche (Amphibien) und Säugetiere wie Hunde, dieser Affe oder Menschen sind Wirbeltiere. Sie haben ein Innenskelett mit einer Wirbelsäule und atmen mit Lungen oder Kiemen. Landwirbeltiere besitzen vier Beine und höchstens zwei Flügel.

SKORPIONE
Wie andere Spinnentiere (Spinnen, Milben) besitzen auch Skorpione vier Beinpaare. Dieser nordafrikanische Skorpion fängt seine Beute mit zu großen Scheren umgebildeten Kiefertastern.

GARNELEN
Diese Meeresbewohner besitzen zehn Gliederfüße, acht zum Laufen und zwei zum Fressen und zur Verteidigung.

GLIEDERWÜRMER
Gliederwürmer wie der Regenwurm bestehen aus vielen ringförmigen Segmenten. Sie besitzen keine Beine und keinen harten Außenpanzer. Vorne und hinten sind oft schwer zu unterscheiden.

STRANDFLÖHE
Diese seltsamen Tiere ähneln Insekten, besitzen aber zehn Beine und gehören zu den Krebsen. Sie leben im feuchten Sand der Strände rund um die Welt. Werden sie gestört, können sie mit ihren beiden vorderen Beinpaaren sehr weit springen.

DOPPELFÜSSER
Tausendfüßer, zu denen die zuweilen als Gartenschädlinge auftretenden Doppelfüßer gehören, besitzen – wie die Insekten – ein Fühlerpaar am Kopf. Doch der Körper weist nicht die insektentypische Dreiteilung auf (S.6–7), sondern ist in viele Ringe gegliedert, von denen jedes bei den Doppelfüßern zwei Beinpaare trägt.

ASSELN
Asseln gehören wie die Strandflöhe zu den Krebstieren. Sie leben an feuchten Orten, unter Steinen und Stämmen, und fressen verfaulendes Holz und Blätter. Bei Gefahr rollen sie sich zu einer Kugel ein und sind von ihren Panzerplatten geschützt.

HUNDERTFÜSSER
Im Gegensatz zu den Doppelfüßern besitzen die Hundertfüßer nur ein Beinpaar pro Körperring. Sie leben unter der Erde und fressen kleine bodenlebende Tiere. Hundertfüßer fangen ihre Beute mit Giftklauen, die ein abgewandeltes vorderes Beinpaar darstellen. Der Biss eines großen Hundertfüßers kann sehr schmerzhaft sein.

SPINNEN
Diese Vogelspinne aus Sri Lanka ist eine der größten Spinnen der Welt. Vor den vier Beinpaaren sitzt ein Paar beinartiger Anhänge, die Kiefertaster. Die riesigen Kiefer spritzen Gift in die Beute, die wie bei allen Spinnen ausgesaugt wird. Im Hinterleib liegen zwei Paar Fächerlungen, die nur bei genügend Feuchtigkeit funktionieren. Außerdem besitzen Spinnen Tracheen.

Die ersten Insekten

Die ersten geflügelten Insekten flogen durch die Kohlewälder, die vor über 300 Millionen Jahren die Erde bedeckten. Fossilfunde zeigen, dass einige dieser frühen Insekten, z.B. Libellen und Schaben, große Ähnlichkeit mit heute lebenden Arten besaßen. Doch die meisten dieser fossilen Insekten gehörten Gruppen an, die heute nicht mehr existieren. Einige dieser frühen Insekten besaßen große, steife Flügel mit bis zu 70 cm Spannweite. Sie waren aber aufgrund ihrer Größe und ihrer harten Außenhaut sehr langsame Tiere. Die Untersuchung von Fossilien ist der wichtigste Weg etwas über die Evolution der Insekten zu erfahren; doch diese kleinen, zarten Tiere verwesten meist, bevor sie versteinern konnten. Daher ist unser Wissen über die Entwicklungsgeschichte der Insekten nur bruchstückhaft.

INSEKTEN-SCHMUCK
Bernstein gilt seit Jahrhunderten als Edelstein. Dieser als Anhänger geschliffene Ostseebernstein enthält drei verschiedene Fliegen.

Kalksteinfossil eines Nachtfalterflügels aus Südengland

FARBE BEKENNEN!
Farbstoffe in den Schuppen dieses fossilen Flügels haben die Versteinerung beeinflusst, sodass man noch heute, nach mehreren Mio. Jahren, Teile des Musters erkennen kann.

LEBENDES FOSSIL
Der Stummelfüßer (*Peripatus*): ein Bindeglied in der Entwicklung von Gliederwürmern zu Insekten. Wie ein Regenwurm besitzt er einen weichen, segmentierten Körper. Die bekrallten Füße, Herz und Atemorgane ähneln denen der Insekten.

SPRING-SCHWÄNZE
Die flügellosen Springschwänze leben weltweit in feuchten Lebensräumen. Viele besitzen ein unter den Hinterleib geklapptes, gegabeltes Sprungorgan – daher der Name. Diese Bakterien fressende, strandbewohnende Art sitzt auf der Unterseite einer Napfschnecke. Früher als primitive Insekten klassifiziert, bilden sie heute eine eigene Ordnung

Flügel

Zarte Beine

ALTE SCHNAKE
Vor etwa 35 Mio. Jahren wurde diese Wiesenschnake im Schlamm eines Sees oder Teiches im Gebiet des heutigen Colorado (USA) begraben. Das Sediment, in dem sie eingebettet wurde, war so fein, dass bei der Versteinerung sogar Flügel und Beine erhalten blieben. Dieses fossile Exemplar ähnelt heutigen Schnaken sehr. Der flapsige Flug und die langen Beine waren scheinbar schon für die Schnaken kennzeichnende Anpassungen, lange bevor der Kontinent Amerika seine heutige Gestalt bekam.

Bernstein

Bernstein ist das fossile Harz von Nadelbäumen, die vor über 40 Mio. Jahren auf der Erde wuchsen. Insekten wurden vom süßlichen Duft des Harzes, das aus Rissen und Wunden in den Baumstämmen floss, angezogen und klebten fest. Mit der Zeit erhärtete das Harz mit den darin gefangenen Insekten und wurde von Erde begraben. Jahrmillionen später wurde es ins Meer gespült. Kopal ist ähnlich, aber viel jünger.

Heutige Stachellose Biene (*Trigona* species)

BIENE IN KOPAL
Dieses Kopalharzstück von Sansibar, einer Insel vor der Ostküste Afrikas, ist etwa 100 Jahre alt. Die Vergrößerung zeigt eine gut erhaltene Stachellose Biene (*Trigona* species). Sie gleicht der oben abgebildeten modernen Art.

KLEBRIGER TOD
Vom Harz dieses Nadelbaumstamms angezogene Insekten sind für immer gefangen. Vor über 40 Mio. Jahren geschah Ähnliches mit den heutigen Bernsteinfossilien.

DIE ÄLTESTE LIBELLE

Dieser abgeknickte Flügel ist das älteste bekannte Libellenfossil. Man fand es 700 m unter der Erde über einer Kohleader bei Bolsover Colliery im englischen Derbyshire. Die Libelle lebte vor 300 Mio. Jahren und übertraf mit ihrer Flügelspannweite von 20 cm alle heutigen Libellen.

BLÜTENPFLANZEN

Mit dem Auftreten der Blütenpflanzen vor über 100 Mio. Jahren entstanden neue Nahrungsquellen in Form von Pollen und Nektar, Nahrung für neue Insektenarten. Die Ausbreitung der Blütenpflanzen wurde durch die bestäubenden Insekten begünstigt. Insekten und Blütenpflanzen entwickelten ihre Artenfülle in Abhängigkeit voneinander (Koevolution, S.42–43).

DIE GRÖSSTE LIBELLE

Tetracanthagyna plagiata von Borneo ist die größte heute lebende Libellenart. Die größte bekannte Libelle aller Zeiten ist ein Fossil aus den USA mit einer Flügelspannweite von etwa 60 cm.

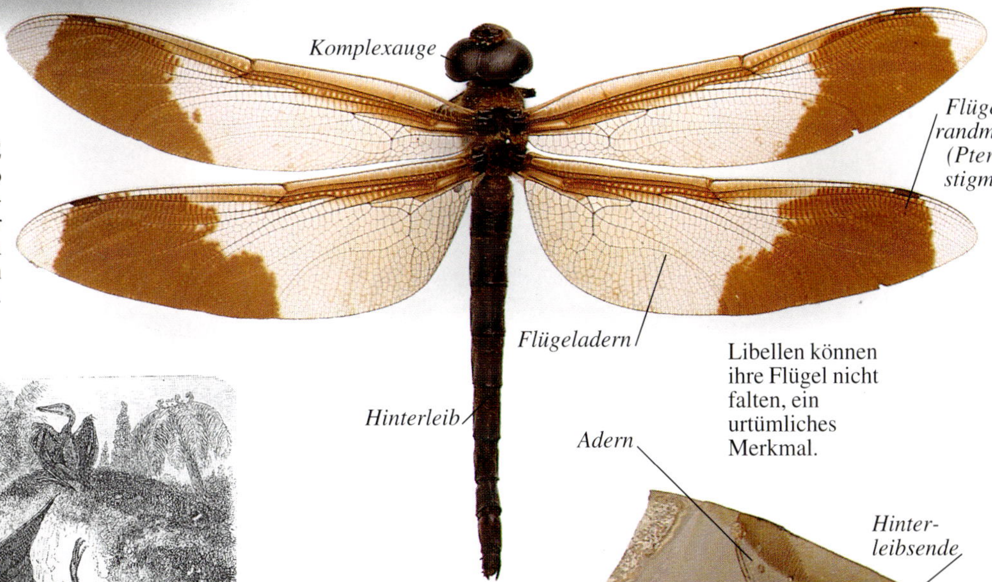

Libellen können ihre Flügel nicht falten, ein urtümliches Merkmal.

LIBELLENJÄGER

Die heutigen Libellen sind schnelle, wendige Flieger. Fossilien belegen, dass dies auch für ihre urzeitlichen Vorfahren galt. Sie waren also keine leichte Beute für einen Flugsaurier.

ERTRUNKENER OHRWURM

Die Ablagerungen bei Florissant/Colorado sind etwa 35 Mio. Jahre alt. Im feinen Sediment eines ehemaligen Sees sind viele Insekten erhalten. Viele dieser Tiere waren keine Wasserinsekten, sondern fielen in den See und ertranken.

Heutiger Ohrwurm *(Labidura riparia)*

VERSTEINERT

Kleinere Libellen findet man relativ häufig fossil. Dem abgebildeten Exemplar aus Südengland fehlt ein Flügel, doch bei den anderen kann man die Aderung sehr gut erkennen.

Flügel und Flug

ZERKNITTERTE FLÜGEL
Die Flügel einer frisch geschlüpften Singzikade sind noch klein, weich und zerknittert. Durch Einpumpen von Blut in die Flügeladern straffen und vergrößern sich die Flügel. Die an der Luft aushärtenden Adern bilden ein stabiles Gerüst.

Insekten waren die ersten Tiere, die fliegen konnten. Die Flugfähigkeit ermöglichte ihnen eine schnellere Flucht vor Feinden und erschloss ihnen größere Nahrungsreviere. Später wurden die Flügel auch für die Balz wichtig: Sie können bunt gefärbt sein, Duftdrüsen besitzen oder der Geräuscherzeugung dienen. Herkunft und Entwicklung der Flügel sind noch nicht geklärt. Man nimmt an, dass sie sich aus Hautfalten entwickelt haben, die zunächst kurz waren und nur zum Gleitflug dienten. Im Laufe der Evolution entstanden dann die für den Flug so gut geeigneten zwei Flügelpaare. Die ältesten Fluginsekten besaßen wie die heutigen Libellen zwei unabhängig voneinander schlagende Flügelpaare, die sich nicht falten ließen. Bei höher entwickelten Insekten wie Schmetterlingen, Wespen und Käfern sind die Vorder- und Hinterflügel durch verschiedene Mechanismen verbunden. Dadurch entstehen zwei gleich schlagende Flügel. Bei den Fliegen und Mücken ist ein Flügelpaar sogar ganz zurückgebildet.

FLÜGEL MIT FRANSEN
Für kleine Insekten ist das Fliegen recht schwierig, denn Luft ist für sie ein zähes Medium – wie für uns Wasser. Ihre Flügel erinnern mit ihren Fransensäumen auch eher an die Schwimmbeine großer Insekten als an Tragflächen für den Flug.

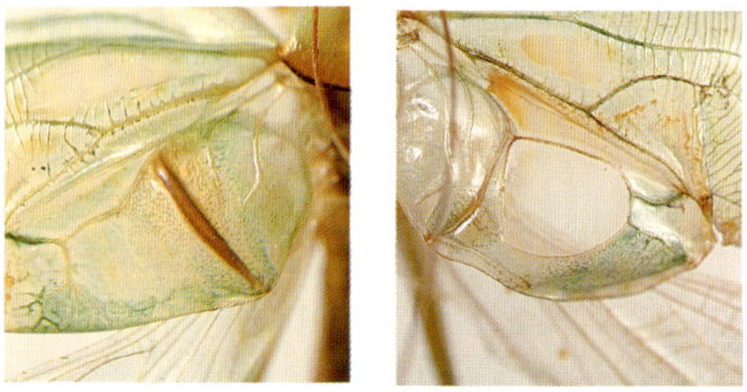

GRILLENGESANG
Grillenmännchen zirpen mithilfe ihrer Vorderflügel. Die kammartige Schrillader an der Basis des linken Vorderflügels (oben links) wird über eine Schrillkante am rechten Vorderflügel gezogen. Eine kreisförmige Flügelmembran, der Spiegel (oben rechts), verstärkt das Zirpgeräusch.

1 VOR DEM START
Wie ein Flugzeug muss auch ein großes Insekt wie dieser Maikäfer (*Melolontha melolontha*) die Maschinen vor dem Start warm laufen lassen. Daher heben und senken die Käfer ihre Flügeldecken mehrmals, bevor sie losfliegen (sie „pumpen"). Schmetterlinge zittern zum Aufwärmen der Flugmuskulatur mit den Flügeln.

2 FERTIG ZUM START
Der Maikäfer bereitet sich zum Start vor: Er spreizt die Deckflügel ab und prüft mit den Fühlern die Luftströmungen.

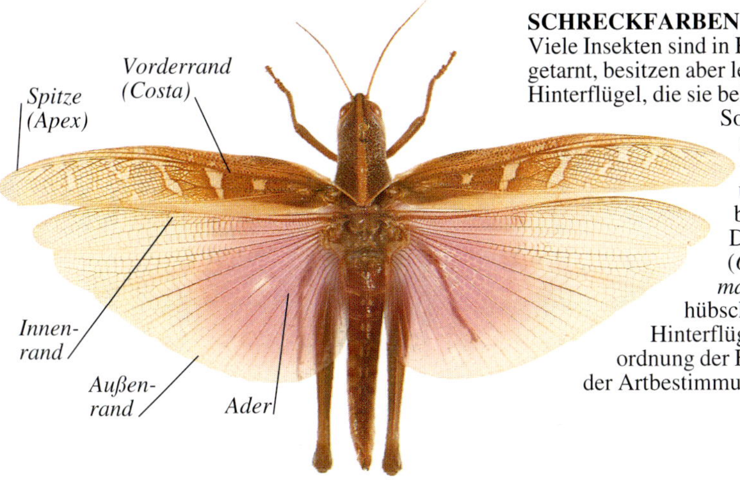

SCHRECKFARBEN

Viele Insekten sind in Ruhestellung perfekt getarnt, besitzen aber leuchtend gefärbte Hinterflügel, die sie bei Gefahr zeigen. Sobald sich das Insekt zur Ruhe niederlässt, verschwinden sie unter den unscheinbaren Vorderflügeln. Diese Heuschrecke (*Ornitharis pictula magnifica*) besitzt hübsche lilafarbene Hinterflügel. Zahl und Anordnung der Flügeladern dienen der Artbestimmung bei Insekten.

FARBSCHUPPEN

Die überlappenden Schüppchen der Schmetterlingsflügel stellen abgewandelte Haare dar und bilden oft hübsche Muster. Manche Arten besitzen zur Duftproduktion umgewandelte Schuppen (S.16).

Die Schwingkölbchen dienen der Fliege als Gleichgewichtsorgan.

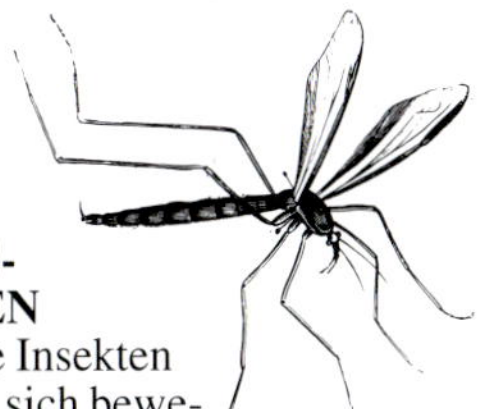

SCHWING-KÖLBCHEN

Wenn kleine Insekten bei Wind an sich bewegenden Blättern und Zweigen vorbeifliegen, erfordert dies eine gute Manövrierfähigkeit. Die zu Schwingkölbchen (Halteren) zurückgebildeten Hinterflügelpaare der Zweiflügler (Fliegen und Mücken) spielen hierbei eine große Rolle. Sind die Halteren defekt, kann das Insekt im Flug das Gleichgewicht nicht mehr halten.

4 START

Mit einem Sprung hebt der Maikäfer vom Blatt ab. Die Hinterflügel sorgen für den Antrieb, die Vorderflügel geben zusätzlichen Auftrieb bei höherer Geschwindigkeit.

3 IN LUFTIGE HÖHEN

Die Deckflügel sind abgespreizt, die dünnen, häutigen Hinterflügel öffnen sich automatisch. In dieser gefährlichen Stellung kann der Käfer nicht lange verharren.

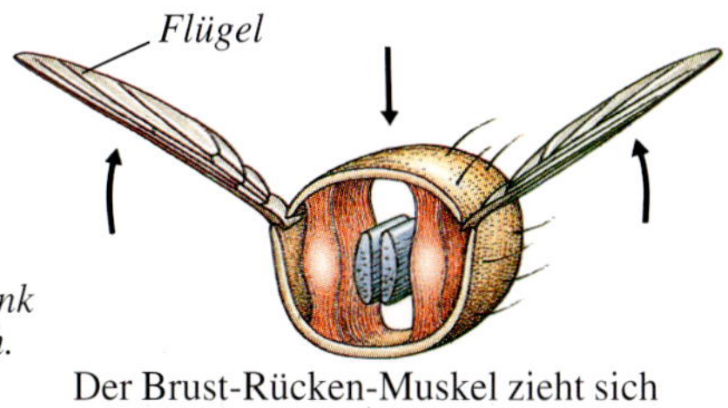

Der Brust-Rücken-Muskel zieht sich zusammen, der Flügel hebt sich.

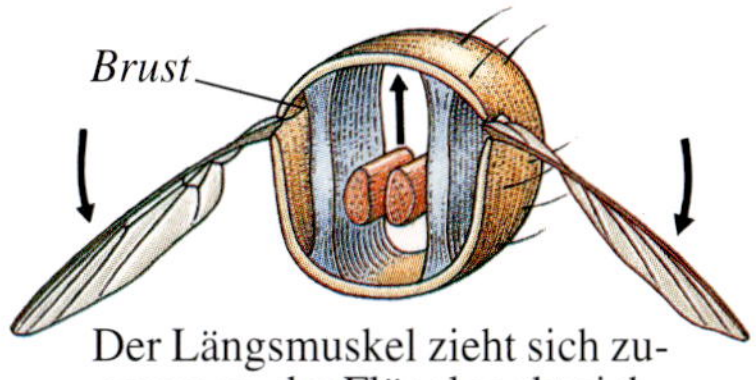

Der Längsmuskel zieht sich zusammen, der Flügel senkt sich.

FLÜGELBEWEGUNG

Den Motor für die Flügelbewegung stellen in der Hauptsache Längs- und Quermuskeln in der Brust dar (S.6–7). Diese ziehen sich abwechselnd zusammen und bewirken eine Formveränderung des Brustpanzers, wodurch sich die an Gelenken befestigten Flügel heben und senken. Muskeln an der Flügelbasis dienen der Steuerung, sie bestimmen den Winkel, in dem der Flügelschlag erfolgt.

VOM LICHT ANGELOCKT
In der Nacht werden viele Insekten von hellem Licht angelockt. Nachtaktive Insekten halten zur Orientierung im Flug scheinbar immer einen bestimmten Winkel zum Mond ein. Eine künstliche Lichtquelle irritiert sie; die Insekten fliegen zu ihr hin und umkreisen sie dann ständig.

Mit den Augen eines Insekts

Es ist ausgesprochen schwierig, jemandem, der nie sehen konnte, Farben zu erklären. Doch noch schwieriger ist es, sich die Sinneseindrücke vorzustellen, die Insekten durch ihre Augen erhalten. Ein Beispiel dafür ist das Farbensehen. Lange Zeit war es umstritten, ob Bienen tatsächlich die Farben der von ihnen besuchten Blüten sehen können oder ob sie lediglich unterschiedliche Grautöne wahrnehmen wie bei einem Schwarz-Weiß-Foto. Erst Karl von Frisch entschied die Frage mit einem geschickten Experiment: Er dressierte Bienen darauf, an einem Futtertisch Zuckerwasser aus einem Schälchen zu holen, das auf einer blauen Unterlage stand. Er markierte die sammelnden Bienen. Anschließend stellte er viele völlig gleiche Schälchen auf den Tisch und benutzte Unterlagen in verschiedenen Grautönen und natürlich die blaue Unterlage. Alle markierten Bienen flogen zielsicher zum Schälchen auf der blauen Scheibe, sie konnten die Farbe erkennen. Solche Versuche offenbaren ganz ungewöhnliche Sinnesleistungen: Bienen sehen ultraviolettes Licht, rotes dagegen nicht; sie können den Stand der Sonne auch bei bewölktem Himmel erkennen und Bienen scheinen einen eingebauten Kompass zu besitzen.

SCHÖNHEIT IST ANSICHTSSACHE
Insektenaugen nehmen Dinge wahr, die wir Menschen nicht sehen. Diese beiden Zitronenfalter wurden bei normalem (weißem) Licht (links) und im ultravioletten Licht fotografiert (rechts). Insekten sehen vielleicht gar keinen gelben Falter, sondern einen grauen mit zwei großen dunkelgrauen Feldern. Viele insektenbestäubte Blüten sind an das Ultraviolettsehen der Bienen (S.42–43) angepasst; der Weg zum Nektar in der Blüte wird von sog. Saftmalen markiert, die nur im ultravioletten Licht erkennbar sind.

WESPENGESICHT
Ein typischer Insektenkopf weist ein Paar großer Komplexaugen und drei kleine einfache Augen (Ocellen) am Oberkopf auf. Die Komplexaugen dieser Wespe (*Paravespula vulgaris*) ziehen sich weit nach unten zu den Kiefern hin, sparen aber den Bereich der Fühler aus. Die gegliederten Fühler dienen nicht nur zum Riechen, sondern auch als eine Art Maßband zum Ausmessen der neuen Waben beim Nestbau (S.50–51). Die kräftigen Kiefer sind Bau- und Greifwerkzeuge und dienen zum Zerkleinern der Nahrung und zum Graben. Die auffallende Schwarz-Gelb-Zeichnung warnt andere Tiere: Dies ist ein Insekt mit Giftstachel.

BLICK IN EIN INSEKTENAUGE

Ein Komplexauge besteht aus hunderten von Einzelaugen (Ommatidien), die oberflächlich als Sechsecke eng aneinander schließen. Jedes Einzelauge besteht aus einer linsenförmigen Hornhaut (Cornea) und einer kegelförmigen Innenlinse, dem „Kristallkegel". Diese leiten das Licht zu einem Bündel aus sechs bis acht Sehzellen, das direkt mit dem Sehnerv und somit mit dem Gehirn verbunden ist.

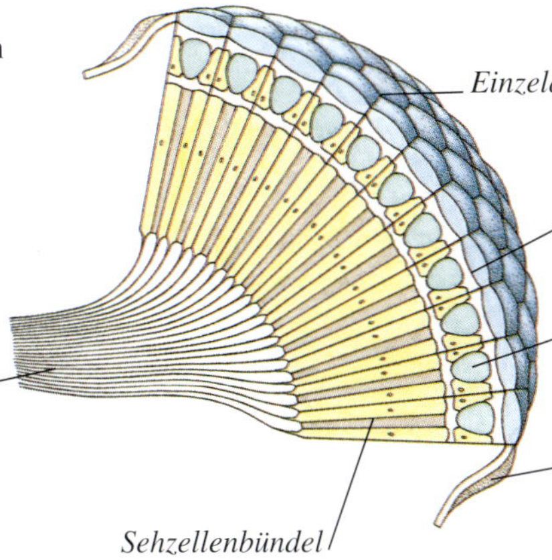

Über den Sehnerv werden die Informationen zum Gehirn geleitet.

FLEISCHFLIEGE

Die vielen hundert Einzelaugen im Komplexauge dieser Fleischfliege (*Sarcophaga* species) leuchten rot. Wir wissen nicht, was sie genau sieht, doch sie kann mit Sicherheit kleinste Bewegungen wahrnehmen und ist daher schwer zu fangen.

Die Tasthaare nehmen wahrscheinlich Schwingungen wahr.

Haftballen zwischen den Klauen ermöglichen es der Fliege, kopfüber über glatte Flächen zu laufen.

Wie alle Körperteile des Insekts ist auch das Auge außen von der Chitinhaut überzogen.

MOSAIK

Man nahm bisher an, dass die sechseckigen Einzelaugen eines Insekts ein mosaikartiges Gesamtbild wie das dieser Blume ergeben müssten. Doch was das Insekt „sieht", hängt davon ab, wie das Gehirn die Bilder auswertet.

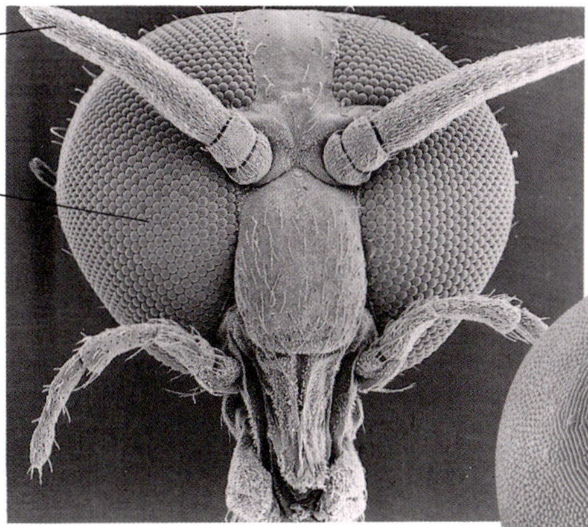

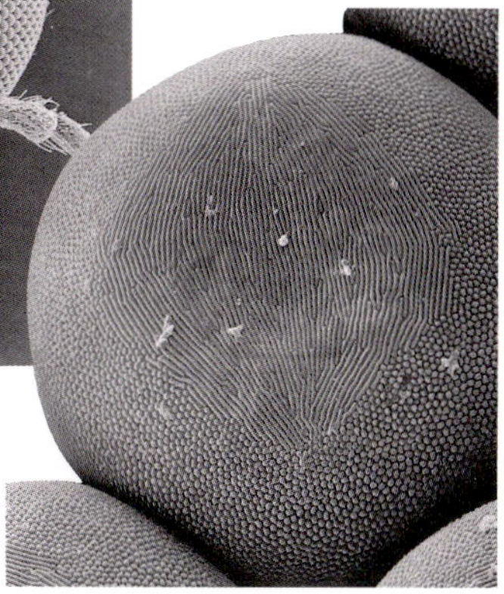

KRIEBELMÜCKENAUGEN

Diese südamerikanische Kriebelmücke (*Simulium bipunctatum*) ist kaum 2 mm groß. Der Kopf (oben) wurde mithilfe eines Elektronenmikroskops fotografiert. Man sieht die großen, aus vielen Einzelaugen bestehenden Komplexaugen, die sich um die Fühlerbasen herumziehen. Das Foto rechts zeigt ein Einzelauge in 4000facher Vergrößerung. Die Oberfläche jedes Einzelauges ist von feinsten Leisten und Knötchen übersät. Was mag die Kriebelmücke wohl mit ihren hunderten von strukturierten Augen sehen?

Gottesanbeterinnen haben meist längere Fühler.

AUGENMASS

Das Gesicht einer Gottesanbeterin erweckt den Eindruck ständiger Wachsamkeit. Gottesanbeterinnen besitzen viele sehr kleine Einzelaugen in jedem der beiden Komplexaugen und können so auf kleinste Bewegungen reagieren. Das Tier bewegt den Kopf oft auf und ab und hin und her und misst so den Abstand zu einer möglichen Beute.

Tastsinn, Geruchssinn, Gehör

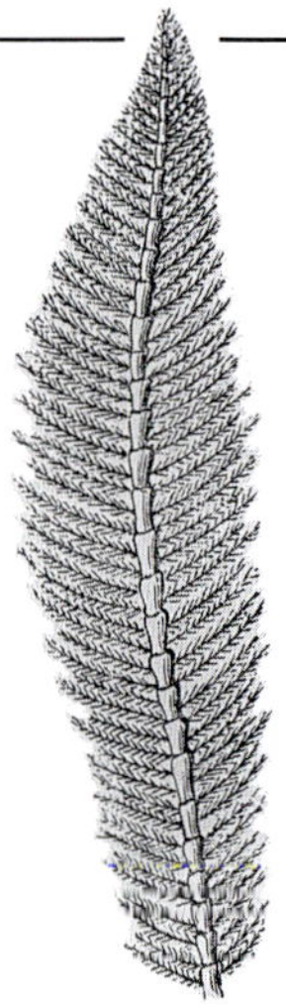

FEDRIGE FÜHLER
Diese federartigen Fühler gehören einem Nachtfaltermännchen. Von einem zentralen Strang gehen viele kleine Seitenzweige ab, die dicht mit Sinneshaaren besetzt sind.

Viele Insekten erschließen sich ihre Umwelt hauptsächlich über den Geruchs- und den Tastsinn. Zwar besitzen die meisten Arten Augen, doch ist das Sehen für sie nicht so wichtig wie für uns Menschen. Ameisen hinterlassen Duftspuren und „betrillern" sich ständig gegenseitig, um den Nestgeruch weiterzugeben. Viele Insekten versprühen Alarmstoffe, die andere Stockmitglieder warnen. Weibliche Nachtfalter geben Duftstoffe ab, mit denen sie Männchen über große Entfernungen anlocken. Mistkäfer können frischen Mist innerhalb von 60 Sekunden nach seiner Ausscheidung orten. Manche Insekten, z.B. die Borkenkäfer, locken mit Duftstoffen Tiere der gleichen Art an; so ist gewährleistet, dass viele Tiere einen als Lebensraum geeigneten Baum finden. Die Weibchen des Apfelwicklers markieren ihre Eiablagefrüchte chemisch, damit kein anderes Weibchen seine Eier in dieselbe Frucht legt. Insekten können auch Schwingungen und für uns Menschen unhörbare Geräusche wahrnehmen. Sie besitzen dazu gut ausgebildete Gehörorgane wie die an den Vorderbeinen der Grillen und am Hinterleib der Heupferde und Zikaden, oder „ertasten" die Geräusche mit Beinen und Fühlern.

Simianellus cyaneicollis in 5facher Lebensgröße

GEWEIHFÜHLER
Es ist noch unklar, warum beide Geschlechter dieses indischen Käfers solche geweihartigen Fühler besitzen. Sie werden normalerweise zusammengelegt nach hinten über den Körper gehalten.

Kopf eines Rüsselkäfers (*Cyrtotrachelus* species), 7fache Lebensgröße

RÜSSEL
Die beißenden Mundwerkzeuge eines Rüsselkäfers befinden sich an der Spitze einer langen „Schnauze" vor den Augen (S.30). Auf jeder Seite des Rüssels sitzt ein abgeknickter Fühler an. Die abgeplattete, keulige Fühlerspitze ist mit Sinneshaaren übersät, mit denen der Käfer seine Nahrung untersucht.

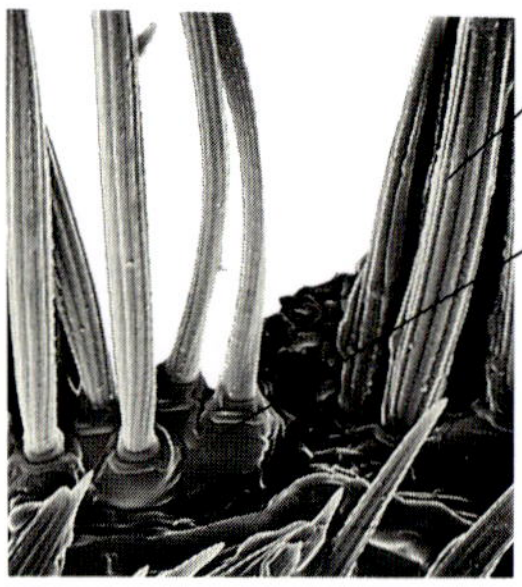

VERGRÖSSERTE HAARE
Die Haare auf einem Insektenkörper sind meist strukturiert, wie diese Aufnahme in 1000facher Vergrößerung zeigt. Diese Haare aus dem Mundbereich einer Teppichkäferlarve sind mit Kugelgelenken verankert und weisen Leisten auf. Sie „fühlen" wahrscheinlich Schwingungen.

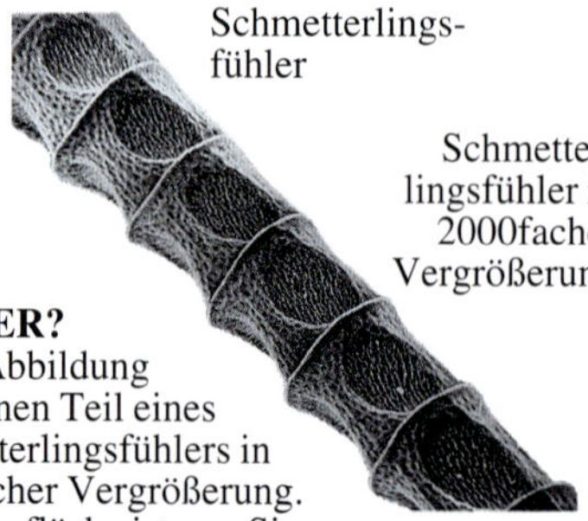

Schmetterlingsfühler

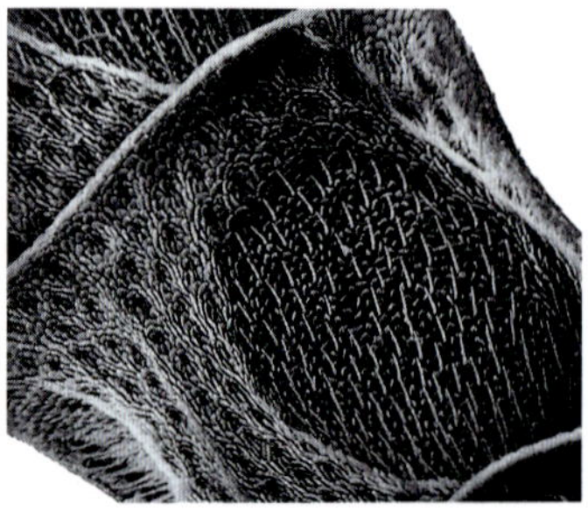

Schmetterlingsfühler in 2000facher Vergrößerung

NUR FÜHLER?
Diese Abbildung zeigt einen Teil eines Schmetterlingsfühlers in 2000facher Vergrößerung. Die Oberfläche ist von Sinnesgruben und Sinneshaaren übersät, die zum Riechen dienen.

Flügelunterseite
mit Duftpinseln

DUFTPINSEL

Dieses Männchen des südamerikanischen Waldschmetterlings *Antirrhea philoctetes* besitzt lange Haarbüschel an den Unterseiten seiner Vorderflügel. Diese „Pinsel" streichen über spezielle „Duftschuppen" auf der Oberseite der Hinterflügel. Die Haare können aufgerichtet werden und wie ein Quast die aufgenommenen Duftstoffe verbreiten, um Weibchen anzulocken.

FEINFÜHLIG

Diese Grille fand man in einer Höhle in Nigeria. Sie besitzt die in Bezug auf die Körpergröße größten Fühler, die man kennt. Damit nimmt sie wohl eher Luftschwingungen wahr als Gerüche wie die Schmetterlinge. Möglicherweise dienen sie ihr auch als „Blindenstock", um sich im Dunkeln zurechtzufinden.

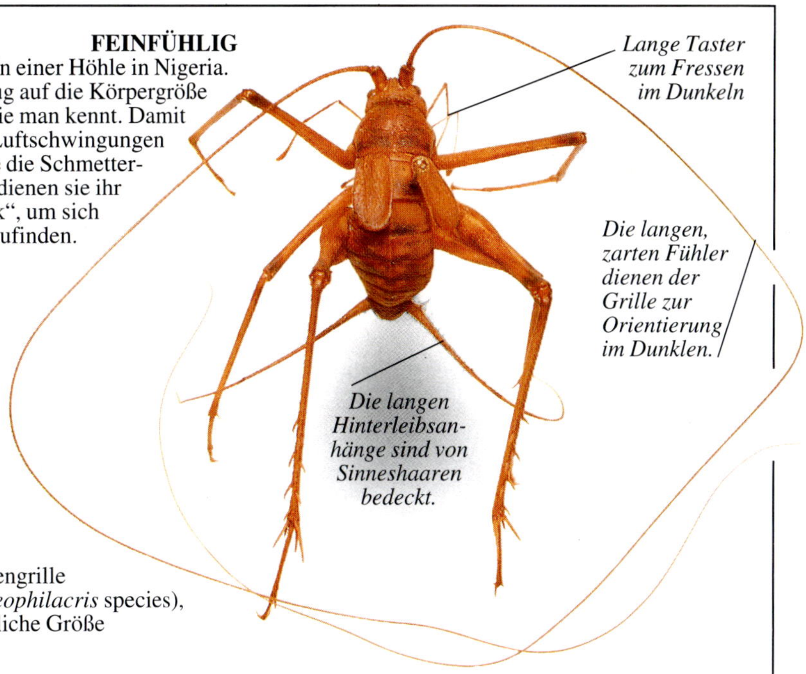

Höhlengrille
(*Phaeophilacris* species),
natürliche Größe

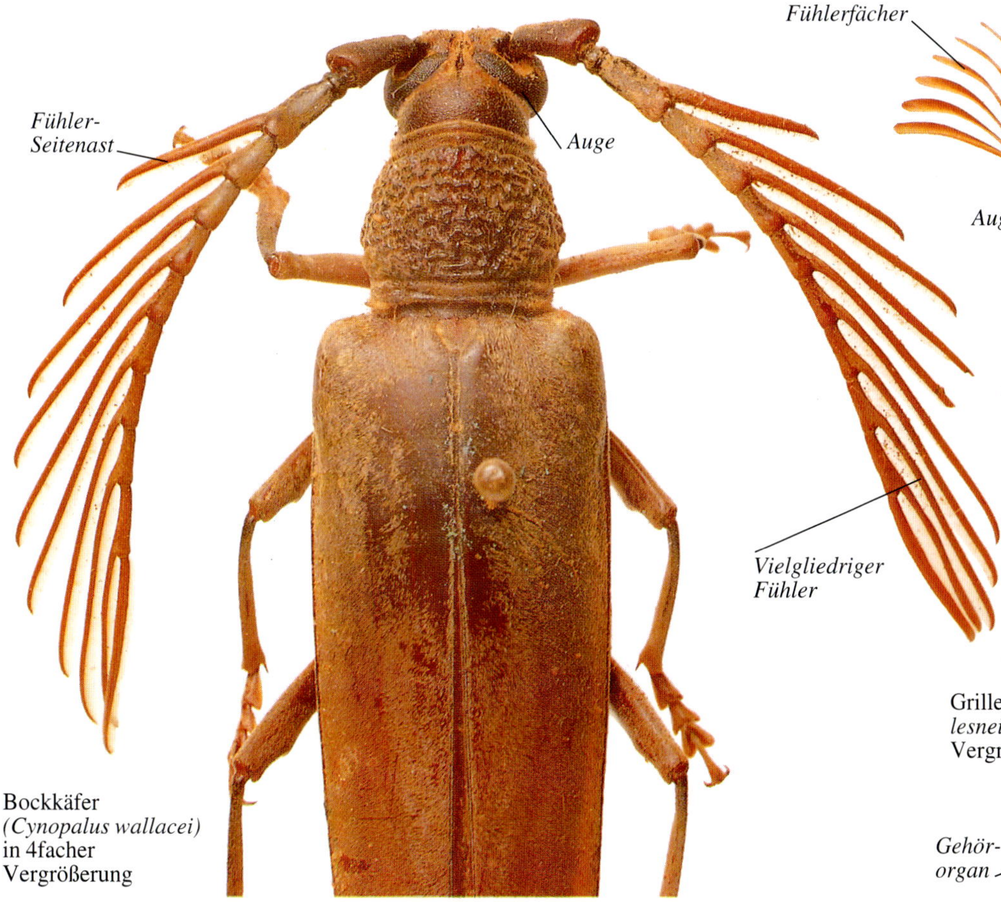

Bockkäfer
(Cynopalus wallacei)
in 4facher
Vergrößerung

BOCKGEWEIH

Bockkäfer besitzen sehr lange, meist unverzweigte oder nur wenig verzweigte Fühler (S.31). Dieser Bockkäfer aus Malaysia jedoch hat lange Fühlerseitenäste, die dicht mit Sinneshaaren besetzt sind und daher besonders gut riechen und fühlen können.

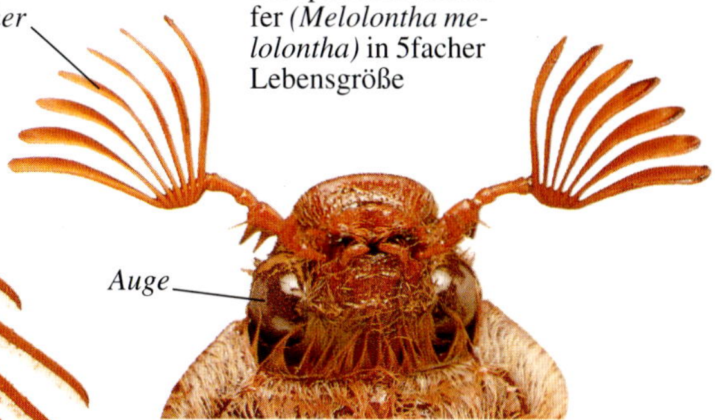

Europäischer Maikäfer *(Melolontha melolontha)* in 5facher Lebensgröße

MAIKÄFERFÄCHER

Alle Blatthornkäfer (S.30–31) besitzen fächerförmige Fühler wie dieser Maikäfer. Beim Umherlaufen sind die Fächerblättchen in der Regel zusammengelegt, doch hebt der Käfer zum Flug ab, werden sie ausgebreitet, um Windrichtung und Gerüche festzustellen.

Grillenbein (*Oxyecous lesnei*), 8fache Vergrößerung

OHREN AN DEN KNIEN

An den Vorderbeinen der Grillen (S.40–41) befindet sich unter dem „Kniegelenk" das Gehörorgan. Es besteht aus einer Art Trommelfell, dem Tympanum, und einer darunter liegenden Paukenhöhle (wie bei unserem Mittelohr) auf beiden Seitens des Beins. Das Tympanum nimmt Schallwellen auf. Das Bein dieser Art zeigt seltsame Schwellungen in der „Ohren"-Region.

Beine

FLIEGENBEINE
Stubenfliegen können mit ihren Füßen „schmecken". Die Fußklauen dienen als Kamm zur Körperpflege. Die Haftballen zwischen den Klauen ermöglichen es den Fliegen, kopfüber an glatten Flächen zu laufen.

Den meisten Lebewesen dienen die Beine zur Fortbewegung, zum Laufen oder Springen und als Tragpfeiler für den Körper. Doch bei den Insekten gibt es noch mehr Verwendungen. Bienen (S.58–59) besitzen kleinen Bürsten und Körbchen (Höschen) zum Pollensammeln (Höseln) an ihren Beinen (S.42–43). Grashüpfer können mit ihren Beinen „musizieren", indem sie mit einem kleinen Kamm an den Hinterbeinen an den Vorderflügelkanten entlangstreichen. Grillen besitzen Gehörorgane an den Knien. Viele Insekten haben Beine zum Kämpfen oder zum Festhalten des Geschlechtspartners bei der Paarung. Bei einigen Wasserinsekten (S.48–49) sind die Beine abgeplattet und mit Haaren besetzt und dienen als Paddel oder Ruder; andere Arten besitzen lange, zarte Stelzenbeine, mit denen sie übers Wasser laufen können, ohne unterzugehen. Alle Insekten besitzen gegliederte Beine, die im Wesentlichen aus vier Teilen bestehen: Der Hüftring sitzt an der Brust an, dann folgen Schenkel und Schiene. Am Klauenglied, dem letzten Glied des Fußes, sitzen in der Regel zwei Klauen und manchmal Haftballen, die das Laufen auf glatten Oberflächen ermöglichen.

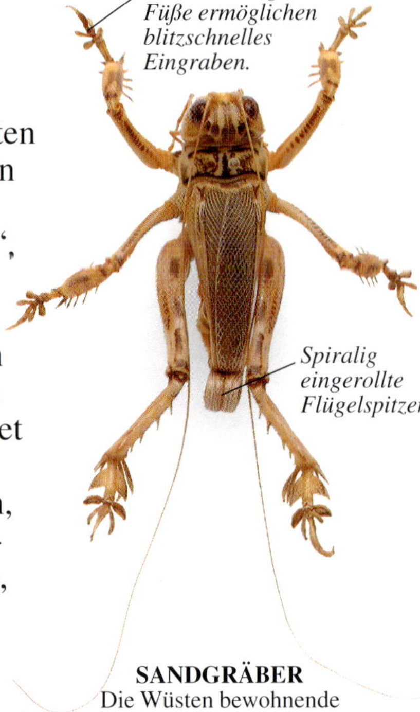

SANDGRÄBER
Die Wüsten bewohnende Grillenschrecke *Schizodactylus monstrosus* kann sich mithilfe ihrer seltsam geformten Füße in Sekundenschnelle im Sand vergraben, als würde sie versinken. Die Spitzen ihrer Vorderflügel sind spiralig aufgerollt, damit sie nicht stören.

1 LANDUNG
Wegen ihrer Kleinheit und des Chitinpanzers ist die Landung für Insekten im Gegensatz zu Vögeln und Flugzeugen kein Problem. Manche Käfer lassen sich einfach fallen. Diese Wüstenschrecke (*Schistocerca gregaria*) bremst mit abgespreizten Hinterflügeln und abwärts gebogenen Vorderflügeln und landet so sanft. Wüstenschrecken bilden von Zeit zu Zeit Schwärme und richten dann als milliardenstarke Wanderheuschreckenschwärme große Schäden an.

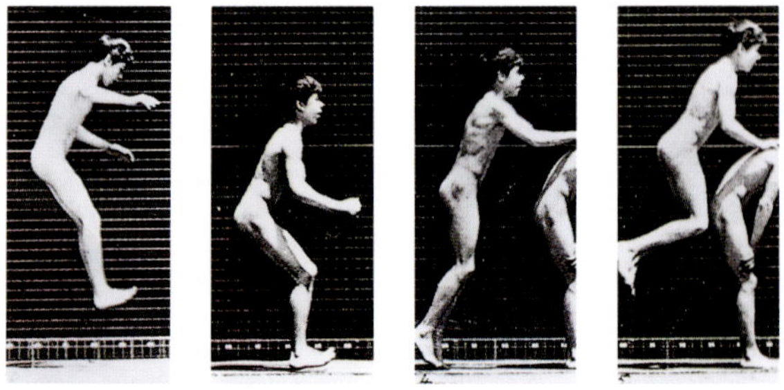

SPRINGENDE KNABEN
Diese berühmte Bildfolge von Muybridge (1830–1903) zeigt, wie Wirbeltiere (S.9) springen, landen und wieder springen können. Die kleinen Insekten jedoch benötigen zwischen den einzelnen Sprüngen kurze Erholungspausen.

2 VORBEREITUNG ZUM SPRUNG
Die Heuschrecke zieht die langen, schlanken Schienen (Tibien) ihrer Hinterbeine dicht unter den Körperschwerpunkt. Die großen Muskelpakete im dickeren Schenkel sitzen am Fuß an. Wenn sich diese Muskeln zusammenziehen, streckt sich das Bein augenblicklich und katapultiert das Insekt in die Luft.

MINIMAULWURF
Maulwurfsgrillen (*Gryllotalpa gryllotalpa*) besitzen besonders große, als Grabschaufeln ausgebildete Vorderbeine (wie ein Maulwurf). Die Weibchen legen ihre Eier in ein unterirdisches Nest und betreiben Brutpflege. Die Larven fressen Wurzeln, die erwachsenen Maulwurfsgrillen jagen Würmer und Larven.

MAULWÜRFE
Obwohl Maulwürfe nicht mit Maulwurfsgrillen verwandt sind, zeigen sie ähnliche Anpassungen an die grabende Lebensweise, ein Beispiel für konvergente Entwicklung (Evolution von Ähnlichkeiten bei unterschiedlichen Tiergruppen unter ähnlichen Lebensbedingungen).

FANGBEINE
Viele Insekten besitzen Greifbeine. Bei dieser Fangschrecke (*Sibylla pretiosa*) dienen sie als Fangbeine dem Ergreifen und Festhalten von Beutetieren. Meist aber dienen die Greifbeine zum Festklammern am anderen Geschlecht während der Paarung.

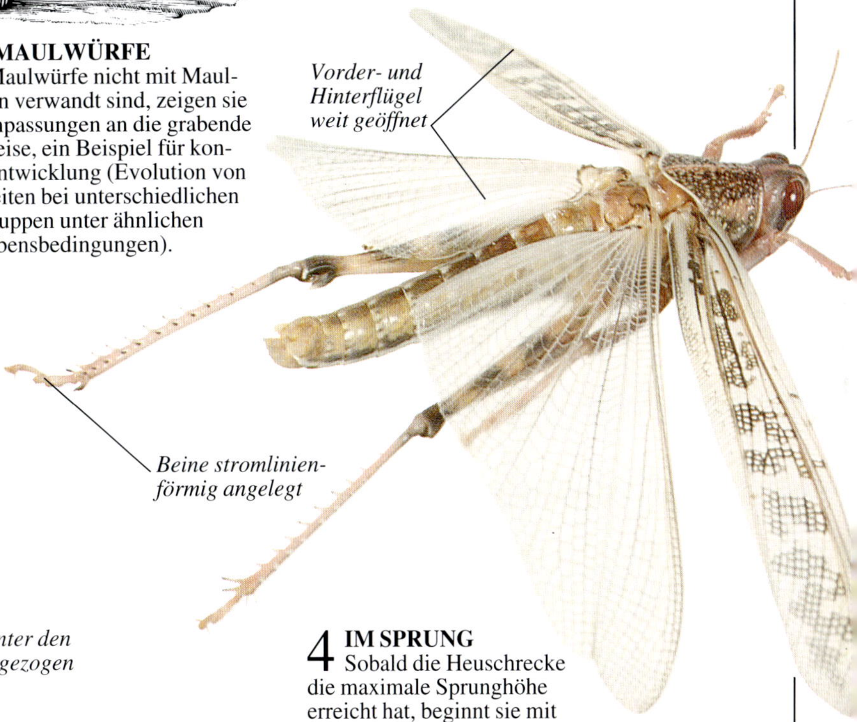

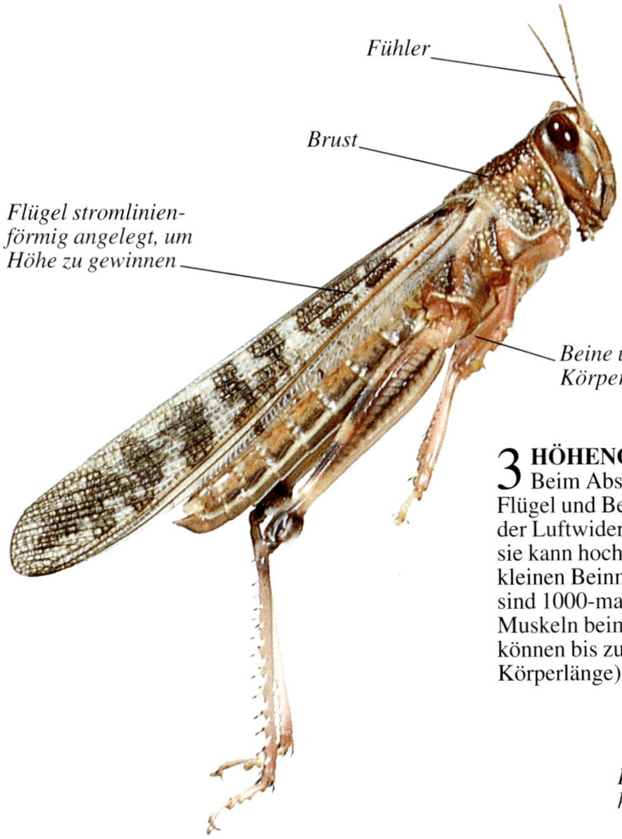

4 IM SPRUNG
Sobald die Heuschrecke die maximale Sprunghöhe erreicht hat, beginnt sie mit den weit geöffneten Flügeln zu schlagen und erhält so zusätzlichen Vortrieb. Die Hinterbeine sind noch angelegt, die Vorderbeine sind zur Landung nach vorn gestreckt.

3 HÖHENGEWINN
Beim Absprung legt die Heuschrecke Flügel und Beine an den Körper an; so ist der Luftwiderstand am geringsten und sie kann hoch und weit springen. Die kleinen Beinmuskeln der Heuschrecken sind 1000-mal so kräftig wie vergleichbare Muskeln beim Menschen. Heuschrecken können bis zu 50 cm (10fache Körperlänge) weit springen.

TARNBEINE
Farbe und Form der Beine des Wandelndes Blattes (*Phyllium pulchrifolium*), einer Gespenstschrecke, dienen der Auflösung der Umrisse. So sehen die Beine nicht mehr aus wie Beine, sondern gleichen den sie umgebenden Blättern.

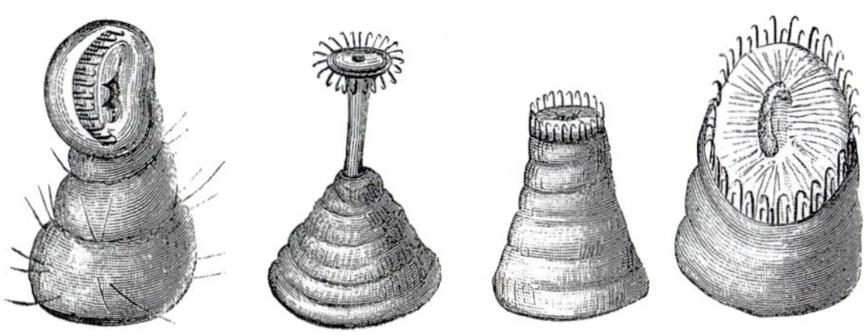

SCHEINFÜSSE
Die „Bauchfüße" am Hinterleib einer Raupe sind keine echten Beine, sondern Muskelausstülpungen mit einem Haarkranz an der Spitze. Spannerraupen besitzen nur zwei Bauchfußpaare am Körperende und haben daher eine ganz typische Fortbewegungsweise.

Mundwerkzeuge und Ernährung

HEUPFERD
Dieses Heupferd hält ein Stück Blüte mit den Vorderbeinen fest und zerkleinert es mit den kräftigen sägeartigen Kiefern. Häufig aber fressen Laubheuschrecken wie das Heupferd auch Insekten.

Die Mundwerkzeuge sind abgewandelte Beine der Kopfringe. Bei den heutigen beißend-kauenden Insektenarten ist das erste Paar als Oberkiefer (Mandibeln) gut entwickelt. Das zweite Paar (Unterkiefer oder Maxille) ist kleiner und so umgestaltet, dass es die Nahrung in den Mund schieben oder ziehen kann. Das dritte Paar ist zur Unterlippe (Labium) verschmolzen. Doch bei vielen Insekten sind diese drei Kieferpaare je nach Ernährungsweise zu injektionsnadelartigen Stechrüsseln, zu strohhalmartigen Saugrüsseln oder zu Tupfkissen umgewandelt.

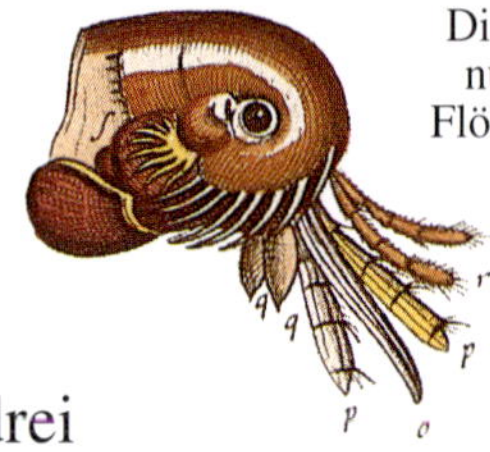

FLOHBISSE
Diese alte Zeichnung zeigt, dass Flöhe einen stabilen Saugrüssel mit zwei seitlichen Tasterpaaren besitzen.

1 BEGINN DER MAHLZEIT
Große Raupen wie die des Ritterfalters *Papilio polytes* nagen die Blätter von den Rändern her ab. Sie halten das Blatt mit den Beinen fest, strecken ihren Kopf nach vorne und nagen mit ihren Kiefern von außen nach innen. So entstehen oft halbkreisförmige Kerben am Blattrand.

2 DIE RAUPE FRISST UND FRISST …
Außer den drei Brustbeinen, die alle Insekten besitzen, hat die Raupe vier Bauchfußpaare am Hinterleib und ein Paar Afterklauen. Wenngleich der von diesen Beinen getragene lange Körper recht weich ist, besitzt die Raupe doch ein Außenskelett, das sie von Zeit zu Zeit häuten muss (S.6).

MONDSPINNENRAUPE
Die großen Raupen des Indischen Mondspinners sind beim Fressen auf Blättern relativ gut zu erkennen. Fängt ein Vogel so eine Raupe, dreht und windet sie sich und versucht den Räuber mit ihren stacheligen Warzen zu treffen, sodass dem Vogel der Appetit vergeht.

AMEISEN UND BLATTLÄUSE
Kleine Pflanzensauger werden oft von Ameisen gehütet, die ihnen teilweise sogar „Regenschirme“ bauen und sie vor Feinden schützen. Dafür „melken“ die Ameisen die Blattläuse. Sie fressen den „Honigtau“, eine Zuckerlösung, die von den Blattläusen ausgeschieden wird.

BLUTSAUGER
Die Bremse *Fidena castanea* besitzt lange stechende Kiefer. Wie feine Nadeln können sie in die Haut dringen. Die Lippen bilden einen Saugrüssel zum Aufsaugen des Blutes. Dieses Insekt ernährt sich von Affenblut, sticht aber auch Menschen. Der Stich einer solchen großen Bremse hinterlässt eine schmerzhafte Wunde.

3 NOCH EINE HALBE PORTION
Die Raupe arbeitet sich am Blatt entlang. Die saftigeren Teile frisst sie zuerst.

Nach vier Stunden

4 ENDE IN SICHT
Raupen fressen meist nachts (ein Schutz vor Feinden). Sie häuten sich etwa 5-mal bis zur Verpuppung.

Nach sechs Stunden

Nach acht Stunden zum nächsten Blatt

5 MAHLZEIT BEENDET
Nach acht Stunden ist das Blatt aufgefressen, die Raupe hält nach dem nächsten Ausschau. Nach einigen weiteren Blättern wie diesem verpuppt sich die Raupe. Aus der Puppe schlüpft dann der Schmetterling (S.24–25).

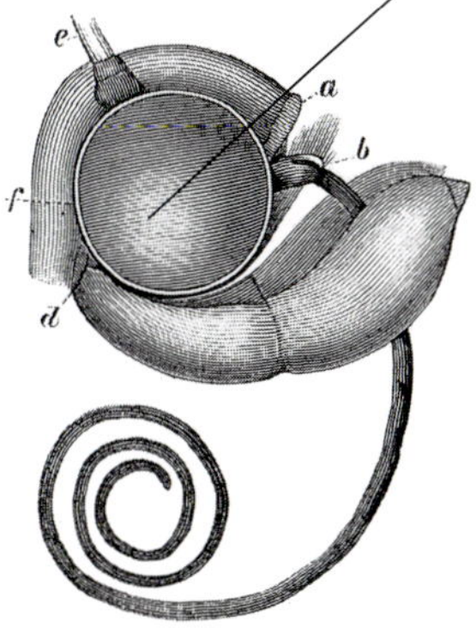

SCHMETTERLINGSKOPF
Diese Zeichnung zeigt den unter dem Kopf zusammengerollten Saugrüssel eines Schmetterlings (Proboscis). Im Gegensatz zu den Raupen besitzen die Schmetterlinge keine Oberkiefer mehr. Der Saugrüssel wird von den langen, fest aneinander gepressten Unterkiefern gebildet.

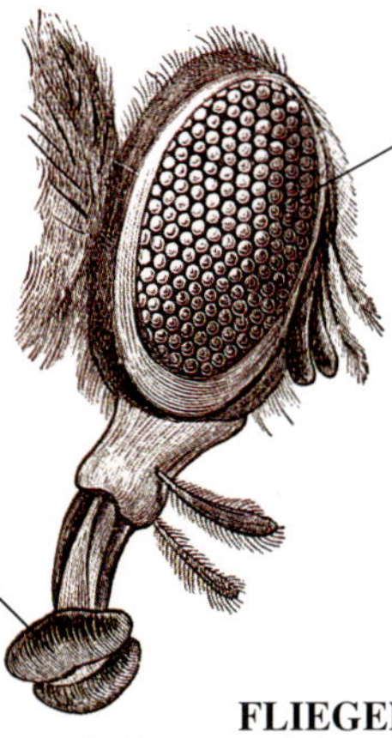

FLIEGENKOPF
Stuben- und Schmeißfliegen besitzen bemerkenswerte Mundwerkzeuge: Ober- und Unterkiefer sind nicht entwickelt. Die Unterlippe (Labium) bildet einen Tupf- und Saugrüssel, mit dem die Fliegen Flüssigkeiten aufnehmen können.

KLEIN GESCHNITTEN
Die Zähne an den mächtigen Kiefern des ostafrikanischen Laufkäfers *Ochyropus gigas* überlappen sich bei geschlossenen Oberkiefern. Sie wirken wie Scheren, mit denen der Käfer Maden und sogar große Käfer angreifen und fressen kann.

Kämpfende Käfer

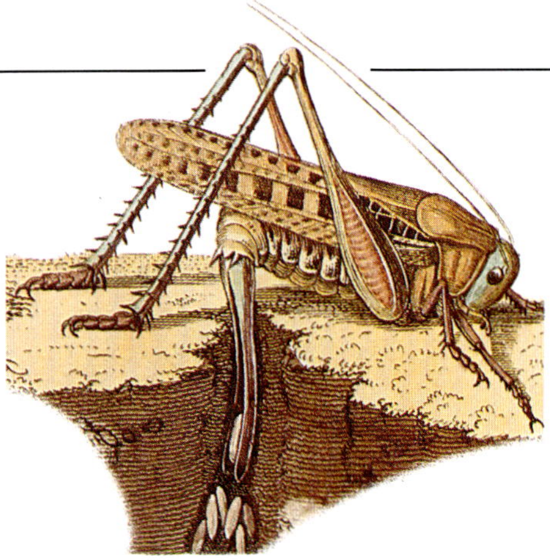

TIEFBOHRUNG
Feldheuschrecken legen ihre Eier in Paketen um Graswurzeln ab. Laubheuschrecken wie dieser Warzenbeißer (*Decticus albifrons*) dagegen bohren zur Eiablage ihren langen Legestachel in den Boden. Sie füllen das Loch dann wieder mit Erde auf und glätten die Oberfläche, um das Nest vor Parasiten zu verbergen.

Bei warmem Wetter kann eine Blattlaus auf einer gesunden Futterpflanze 50 Nachkommen pro Woche bekommen, die sich schon eine Woche später selbst vermehren können. Bei dieser Vermehrungsrate könnte die Welt in wenigen Wochen in Blattläusen versinken – doch das geschieht nicht. Die Zahl der Futterpflanzen ist begrenzt, sodass Nahrungsmangel und zu einem gewissen Grad auch hungrige Räuber die Zahl der Insekten im Zaum halten. Trotzdem treten hin und wieder milliardenstarke Heuschreckenschwärme auf. Wenn Nahrung und Brutplätze beschränkt sind, wie bei Insekten, die von totem Holz leben, kommt es zur Konkurrenz unter Artgenossen. Bei vielen dieser Insekten besitzen die Männchen mächtige Hörner oder Kiefer, mit denen sie Futter und Brutrevier gegen Rivalen verteidigen.

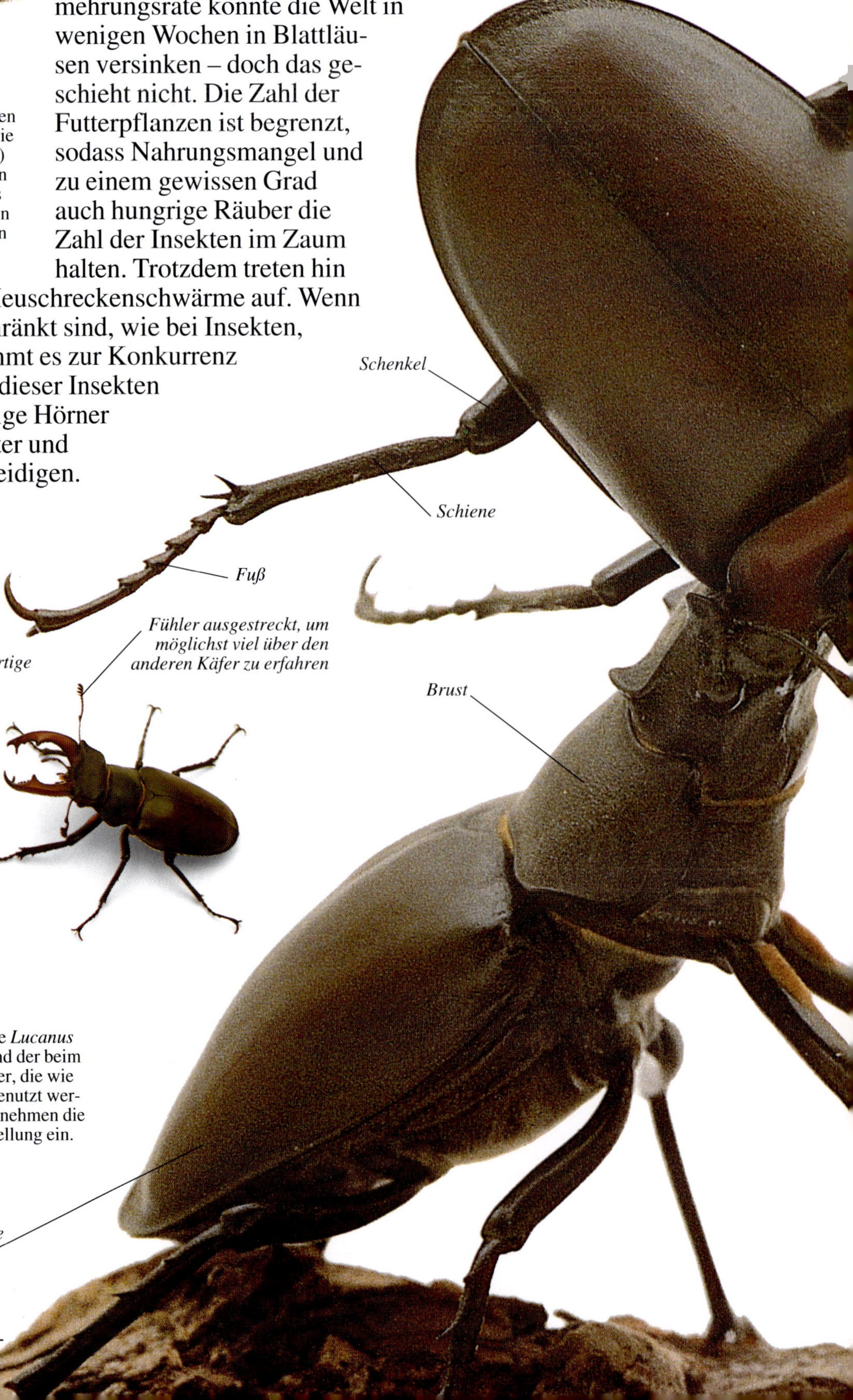

1 MUSTERN DES GEGNERS
Hirschkäfer wie der europäische *Lucanus cervus* tragen ihren Namen aufgrund der beim Männchen stark vergrößerten Kiefer, die wie das Hirschgeweih zum Kämpfen benutzt werden. Bevor es zum Kampf kommt, nehmen die Männchen erst einmal eine Drohstellung ein.

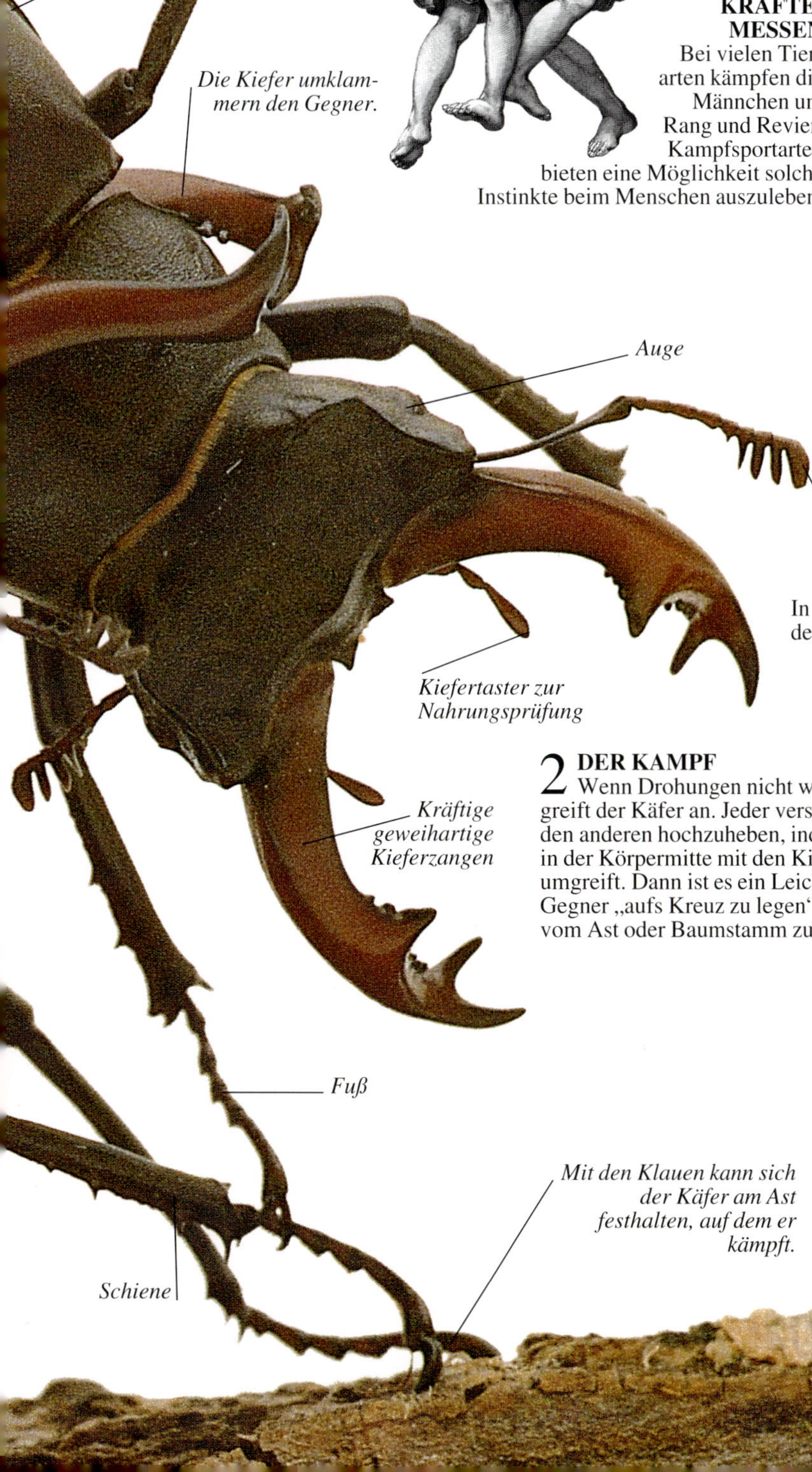

In der Hitze des Gefechts

Weibliche Schabe mit Eikapsel

EIER IM TRAGEKORB
Schaben legen ihre Eier wie die Feldheuschrecken in Paketen ab. Doch scheidet das Schabenweibchen die Eier in zwei Reihen aufgereiht in einer Eikapsel aus. Hausschaben tragen die Eikapsel bis zum Schlüpfen der Larven mit sich herum.

KRÄFTEMESSEN
Bei vielen Tierarten kämpfen die Männchen um Rang und Revier. Kampfsportarten bieten eine Möglichkeit solche Instinkte beim Menschen auszuleben.

Hirschkäferweibchen

KEINE HÖRNER
Im Gegensatz zu den meisten Hirschkäfermännchen besitzen die Weibchen keine großen Kiefer zum Kämpfen. Sie müssen kein Revier verteidigen. Solche deutlichen Unterschiede im Aussehen von Männchen und Weibchen bezeichnet man als Sexualdimorphismus. Doch auch sehr kleine Hirschkäfermännchen besitzen keine Kampfkiefer. Wahrscheinlich beruhen die Größenunterschiede bei den Männchen auf unterschiedlichen Ernährungsbedingungen der Larven.

2 DER KAMPF
Wenn Drohungen nicht wirken, greift der Käfer an. Jeder versucht nun den anderen hochzuheben, indem er ihn in der Körpermitte mit den Kieferzangen umgreift. Dann ist es ein Leichtes, den Gegner „aufs Kreuz zu legen“, bzw. ihn vom Ast oder Baumstamm zu werfen.

Der geschlagene Käfer landet auf dem Rücken.

3 BESIEGT
Der besiegte Käfer landet auf dem Rücken. Hat sich der Verlierer, wie in diesem Fall, beim Kampf Verletzungen zugezogen, kommt er oft nicht mehr auf die Beine und wird von Ameisen gefressen. Manchmal „erdolcht“ ein Käfer den anderen auch bei der Umklammerung mit den Kiefern.

Vollständige Verwandlung

Die meisten fortschrittlichen Insekten zeigen eine komplizierte Entwicklung vom Ei zum erwachsenen Tier (Vollkerf): Aus den Eiern schlüpfen Larven (Raupen, Maden, Engerlinge), die sich in Aussehen und Lebensweise stark von den Vollkerfen unterscheiden. Die Larven wachsen und häuten sich mehrmals (S.6–7) bis zur Verpuppung. In der Puppenhülle wird der gesamte Körper umgestaltet. Der Vorteil einer solchen vollständigen Verwandlung einer Larve zu einem geflügelten Insekt (Holometabolie) ist, dass sich die Larve auf das Fressen, der Vollkerf auf die Fortpflanzung spezialisieren kann und dass beide Formen verschiedene Nahrungsquellen nutzen können. Wespen, Bienen, Ameisen, Fliegen und Mücken, Käfer, Schmetterlinge, Köcherfliegen, Flöhe, Netzflügler und Schlammfliegen haben eine holometabole Entwicklung. Einige Arten aber „umgehen" diese Entwicklung zumindest teilweise, so die Moosmücken, bei denen Larven neue Larven erzeugen, und die parasitischen Kolbenflügler mit larvenartigen Weibchen.

PAARUNG
Beim Mexikanischen Bohnenkäfer (*Epilachna varivestis*), einer Pflanzen fressenden Marienkäferart, sehen sich Männchen und Weibchen sehr ähnlich.

EIER
Weibchen des Mexikanischen Bohnenkäfers legen ihre Eier in Paketen zu ca. 50 Eiern auf den Unterseiten von Blättern ab. Nach etwa einer Woche schlüpfen die Larven.

1 SCHLUPFREIF
Auch Eier müssen atmen. Daher besitzt das Ei einen Porenring, durch den frische Luft zur Larve im Innern gelangen kann. Etwa eine Woche nach der Eiablage wird der Deckel abgesprengt oder aufgebissen, die Larve schlüpft.

4 VOR DER VERWANDLUNG
Hat die Larve genug gefressen, heftet sie sich zur Verpuppung an die Unterseite eines Blattgerippes. Die Larvenhaut wird abgeworfen. Darunter befindet sich schon die noch weiche Puppenhaut, die schnell erhärtet.

BLATT-FRESSER
Epilachna varivestis ernährt sich als Larve und als Vollkerf von Blättern. Die harten Blattadern bleiben stehen.

5 PUPPENRUHE
Die Puppe wird oft als Ruhestadium bezeichnet. Doch die Zellen im Innern der Puppenhaut haben keine Ruhe. Alle Muskeln, Nerven und anderen Gewebe werden aufgelöst, neue Gliedmaßen mit Muskeln und Nerven werden gebildet. Auf dieser Abbildung scheinen die gelben Deckflügel des adulten Käfers und der erste Brustring durch die stachelige Puppenhaut.

6 FERTIG ZUM FRESSEN
Die dünne Puppenhülle platzt an der Unterseite auf, der weiche junge Käfer befreit sich langsam, Kopf voran. Er benötigt etwa eine Stunde, um die Puppenhaut ganz abzustreifen.

HIRSCHKÄFER-ENTWICKLUNG
Die Larven von Hirschkäfern und anderen Blatthornkäfern haben eine kommaförmige Haltung (Engerlinge). Die männliche Puppe mit ihren großen Kiefern ist leicht von der weiblichen zu unterscheiden.

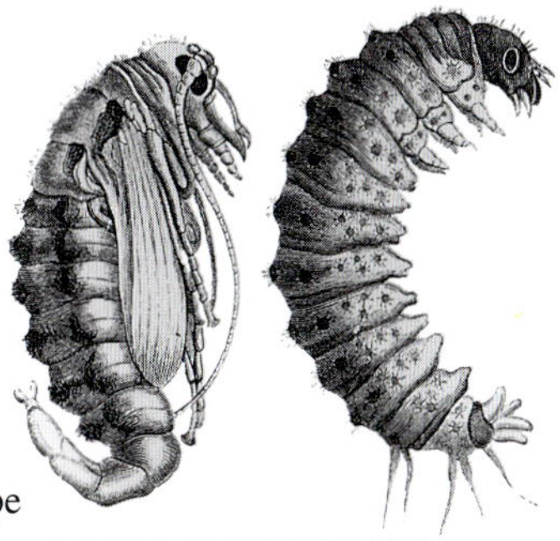

SKORPIONSFLIEGEN
Auch Schnabelfliegen wie Skorpionsfliegen verwandeln sich vollständig. Die Zeichnung zeigt eine Larve und eine Puppe mit deutlich ausgebildeten Flügelanlagen.

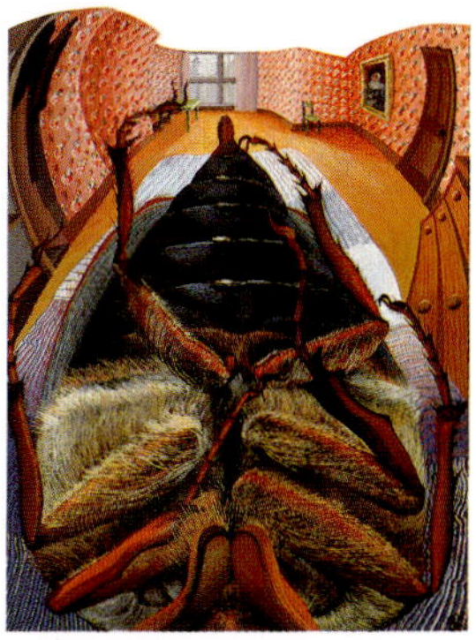

VERWANDLUNG EINES MENSCHEN
Dieses Bild von Barbara Lofthouse zeigt eine Szene aus Kafkas *Die Verwandlung*, in der ein Mann zu einem Insekt wird.

2 DIE LARVE SCHLÜPFT
Bei der schlüpfenden stacheligen Larve kann man auf jeder Seite des Kopfes drei rote Flecken erkennen. Diese gehören zu einfachen Grubenaugen, denn Larven besitzen noch keine Komplexaugen.

3 ERSTE MAHLZEIT
Die meisten Insektenlarven fressen als Erstes die nährstoffreiche Eihülle. Die weichen Dornborsten auf der Larvenhaut erhärten schnell.

SCHUTZ VOR PARASITEN
Die verzweigten Dornborsten der Larve sind sehr hart und spitz. Man findet sie bei allen Pflanzen fressenden Marienkäferlarven, nicht aber bei den räuberisch lebenden Arten. Die Dornen könnten Vögel vom Fressen der Larve abhalten und Parasiten von der Eiablage auf der Larve.

7 PUNKTLOS
Ein frisch geschlüpfter *Epilachna varivestis* ist gelb und noch ohne Punkte. Die Deckflügel erhärten schnell. Dann folgen zwei bis drei gefährliche Stunden, in denen der junge Käfer mit abgespreizten Deckflügeln die ausgebreiteten Hinterflügel trocknen lässt. Erst dann kann er fliegen.

8 EIN SCHÄDLING MEHR
Nach etwa 24 Stunden erscheinen die Punkte auf den Deckflügeln, die kupferrote Färbung ist erst nach etwa einer Woche voll ausgeprägt. Vor etwa 100 Jahren breitete sich der Mexikanische Bohnenkäfer von Mexiko langsam nach Norden aus. 1918 wurde er in den Osten der USA eingeschleppt und breitete sich schnell bis nach Kanada aus. Heute ist er ein gefürchteter Bohnenschädling in Nord- und Mittelamerika. Sehr kalte, kontinentale Winter aber überlebt er nicht. Man trifft ihn daher hauptsächlich in den Küstenregionen.

Unvollständige Verwandlung

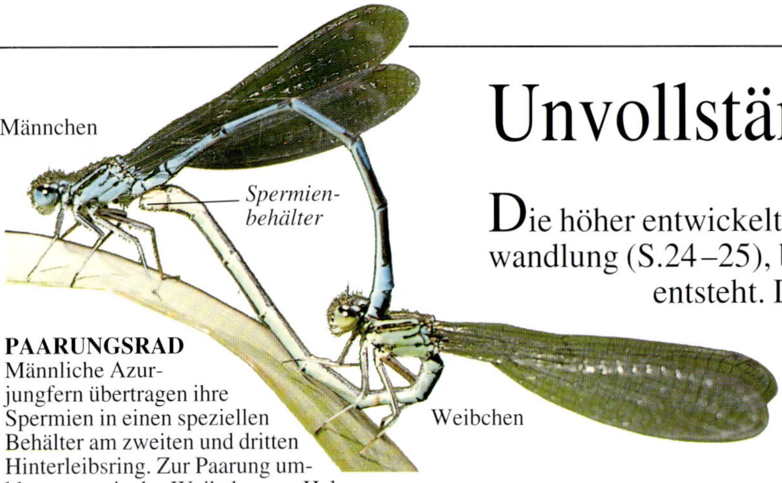

PAARUNGSRAD
Männliche Azurjungfern übertragen ihre Spermien in einen speziellen Behälter am zweiten und dritten Hinterleibsring. Zur Paarung umklammern sie das Weibchen am Hals. In dieser Umklammerung verharren die Libellen oft noch lange nach der Paarung bei der Eiablage. Das Weibchen biegt seinen Hinterleib nach oben und nimmt die Spermien aus dem Samenbehälter auf. So entsteht das „Paarungsrad“, das eigentlich eher wie ein „Paarungsherz“ aussieht.

Die höher entwickelten Insekten durchlaufen eine vollständige Verwandlung (S.24–25), bei der aus der Larve in der Puppe der Vollkerf entsteht. Doch bei den Urinsekten muss die Entwicklung schrittweise vor sich gegangen sein, die Larve (Nymphe) wurde dem Vollkerf mit jeder Häutung ähnlicher. Solch eine schrittweise Entwicklung (Hemimetabolie) finden wir heute noch bei Heuschrecken, Schaben, Termiten, Eintagsfliegen, Libellen und bei den Wanzen. Junge Nymphen haben noch keine Flügelansätze, doch bei älteren Stadien findet man schon kürzere oder längere „Flügelscheiden“, in denen sich die Flügel des Fluginsekts entwickeln. Mit jeder Häutung (S.6–7) werden die Flügel länger, bis schließlich aus der Nymphenhaut ein Vollkerf schlüpft. Die Nymphen einiger Insekten, z.B. die der auf den nächsten vier Seiten abgebildeten Azurjungfer, leben im Wasser und tauchen erst dann auf, wenn das Fluginsekt schlüpft.

FRESSENDE NYMPHE
Die Fangmaske einer Libellennymphe (S.49) schnellt blitzschnell nach vorne, fängt die Beute und hält sie beim Fressen fest.

JUNGE NYMPHE
Je nach Art verbringt eine Kleinlibelle mehrere Monate oder gar drei Jahre als Larve. Die Nymphen häuten sich etwa 12-mal. Die frühen Stadien zeigen noch keine Flügelansätze und sind oft durchscheinend und so von Feinden schwer auszumachen.

Diese junge Nymphe hat eines ihrer drei Kiemenblätter verloren.

LETZTES NYMPHENSTADIUM
Alte Nymphen besitzen oft eine dunkle Schutzfärbung, sodass sie von Raubfischen nicht so leicht gesehen werden. Die Flügelknospen erstrecken sich bei diesem Exemplar schon über die ersten drei Hinterleibsringe.

OHRWÜRMER
Ohrwurmweibchen betreiben Brutpflege. Sie graben ein kleines Loch, in das sie ihre Eier ablegen. Sie bleiben bei den Eiern, belecken sie zum Schutz gegen Pilzbefall und halten sie in einem Haufen zusammen. Junge Larven, die sich zu weit von den anderen entfernen, trägt das Weibchen zurück zum „Nest“. Es schützt die jungen Nymphen, bis sie auf sich selbst aufpassen können.

ATMUNG UNTER WASSER
Bei Libellenlarven erfolgt die Sauerstoffaufnahme und Kohlendioxidabgabe durch die Haut und über Kiemen. Kleinlibellen besitzen am Hinterleibsende drei fächerförmige Tracheenkiemen, die relativ oft von Feinden abgebissen werden, aber wieder nachwachsen. Diese „Kiemen“ dienen auch als Ruder beim Schwimmen. Großlibellen besitzen keine äußeren Kiemen, bei ihnen ist die Wand des Enddarms mit Tracheenkiemen besetzt.

Von der Nymphe zur Libelle

Obwohl die Azurjungfernymphe unter Wasser lebt, die fertige Libelle aber fliegt, kann man bei alten Nymphen deutlich die Merkmale des erwachsenen Insekts erkennen. Flugmuskulatur und Brustringe sind ausgebildet, doch Körper und Flügel müssen sich noch entwickeln, die Fangmaske wird erst später abgeworfen. Diese Veränderungen werden in der Nymphe unter Wasser vorbereitet. Sobald die Nymphe auftaucht, muss sie sich sofort in eine fliegende Libelle verwandeln und schnell – meist innerhalb von zwei Stunden – davonfliegen, sonst wird sie gefressen.

Die verwandlungsreife Nymphe klettert an einem Pflanzenstängel aus dem Wasser.

1 AUS DEM WASSER

Sobald sie über Wasser ist, gräbt die Nymphe ihre Klauen tief in den Pflanzenstängel. Die Verankerung muss die auf der Nymphenhaut sitzende Libelle tragen, die noch einige Stunden nach der Häutung auf dem Stängel ausharren muss, bis sie fliegen kann. Dic Flügelanlagen sind nicht mehr fest an den Hinterleib gepresst, die Brust schwillt durch Einpumpen von Blut an.

2 DIE HAUT PLATZT AUF

Durch den Druck des eingepumpten Blutes dehnt sich die Brust sehr schnell, die Haut am Rücken platzt auf. Der Kopf der Libelle ist frei; sie beginnt die Nymphenhaut abzustreifen.

3 AUS DER HAUT FAHREN

Kopf und Brust der Libelle haben nun die Larvenhaut abgestreift. Die Vorderbeine sind ebenfalls frei. Die Vorderbeine der Nymphe bleiben fest im Pflanzenstängel verankert. Die zerknitterten Flügel werden vorsichtig aus den Flügelscheiden gezogen.

Fortsetzung auf der nächsten Seite

Fortsetzung von Seite 27

GROSSLIBELLEN
Die größten Großlibellen-Arten benötigen zwei bis drei, in kalten Gewässern bis zu fünf Jahre, um sich vom Ei zum Fluginsekt zu entwickeln. Die Nymphen besitzen keine Schwanzfächer-Kiemen wie Kleinlibellennymphen (S.26–27), sondern kompliziert gebaute Enddarmkiemen. Mithilfe des Wasserein- und -ausstroms durch diese Kiemen können sich die Larven auch „raketenartig" vorwärts bewegen. Großlibellen ruhen mit waagerecht über dem Körper ausgebreiteten Flügeln und sind in der Regel gewandtere Flieger als Kleinlibellen.

4 FAST GESCHAFFT
Der Oberkörper ist nun weitgehend von der Nymphenhaut befreit. Die Augen sind schon hart und funktionieren, doch die Vorderbeine sind noch zu weich, um das Körpergewicht zu tragen. Die vier Flügelscheiden sind noch klein und kompakt.

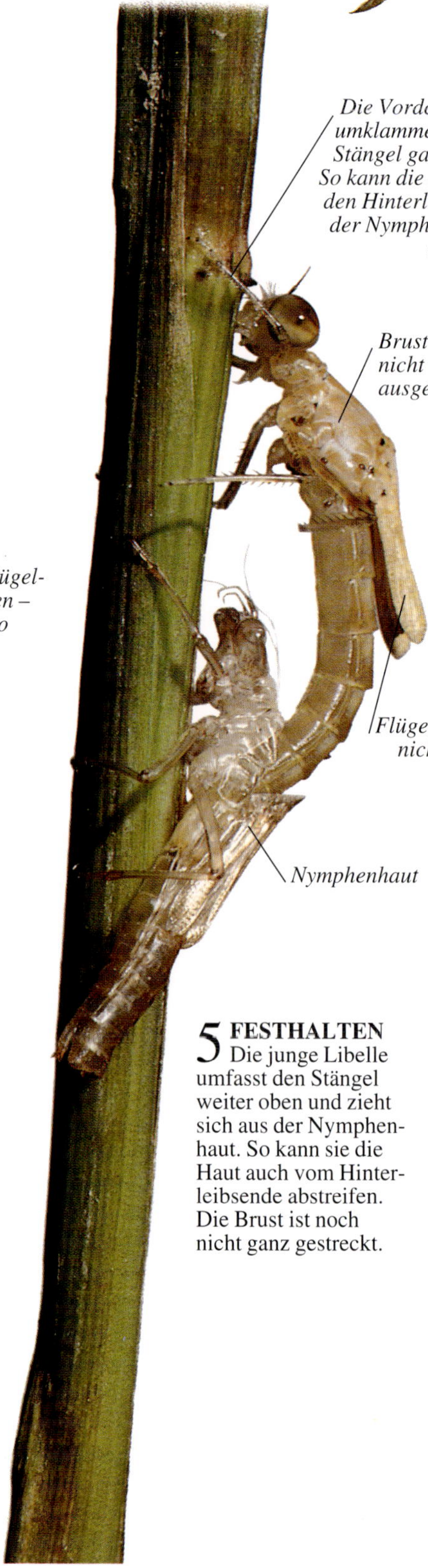

5 FESTHALTEN
Die junge Libelle umfasst den Stängel weiter oben und zieht sich aus der Nymphenhaut. So kann sie die Haut auch vom Hinterleibsende abstreifen. Die Brust ist noch nicht ganz gestreckt.

6 DEN STÄNGEL HINAUF
Die Brust hat sich gestreckt. Blut wird in die Flügel gepumpt: Sie strecken und entfalten sich. Die Verwandlung der zerknäulten Flügelanlagen in die zarten netzadrigen Flügel ist eines der beeindruckendsten Ereignisse bei der unvollständigen Verwandlung der Libellen.

KLEINLIBELLEN

Die grazilen Kleinlibellen findet man in der Ufervegetation vieler Gewässer. Sie besitzen vier ähnlich gestaltete netzadrige Flügel, die sie in Ruhestellung über dem Rücken zusammenlegen. Hier ist die Entwicklung eines Weibchens der Hufeisen-Azurjungfer *(Coenagrion puella)* fotografisch dokumentiert. Männchen und Weibchen sind bei den Kleinlibellen häufig unterschiedlich gefärbt. Bei dieser Art sind die Weibchen am Rücken schwarz und an den Seiten leuchtend grün, die Männchen sind am Rücken blau.

NAHAUFNAHME

Der Kopf eines Kleinlibellenmännchens zeigt die für einen Räuber typischen großen Komplexaugen (S.14–15). Die Vorderbeine werden zum Festhalten der Beute angewinkelt hinter den Mundwerkzeugen gehalten, während die kräftigen Kiefer die Beute in Stücke reißen.

7 ZUM SCHLUSS DIE FLÜGEL

Die Flügel sind fast ganz entfaltet, doch sie sind noch matt, weich und verletzungsanfällig. Brust und Hinterleib haben ihre volle Größe noch nicht erreicht.

8 FERTIG ZUM ABFLUG

Wenn der Hinterleib seine volle Länge erreicht hat, tritt ein Tropfen Flüssigkeit aus. Erst vor zwei Stunden ist dieses Weibchen als Nymphe aus dem Wasser gekrochen. Doch nun kann es einen kurzen Flug unternehmen, wenngleich die Flügel noch milchig trüb aussehen. Die Färbung bleibt einige Stunden gelblich und erst nach Tagen entfaltet sich die typische Schwarz-Grün-Zeichnung.

9 ERWACHSENES WEIBCHEN

Die leuchtenden Farben sind erst nach einigen Tagen voll ausgeprägt.

Käfer

HEILIGER PILLENDREHER
Bei den alten Ägyptern galt der Kot rollende Pillendreher als Symbol des sonnenrollenden, neues Leben schenkenden Gottes Ra.

Käfer gibt es überall, von schneebedeckten Berggipfeln bis zu heißen Wüsten und schlammigen Tümpeln (S.48–49). Sie ernähren sich von lebenden oder toten Pflanzen, Tieren oder Aas und dienen Vögeln, Eidechsen und kleinen Säugern als Nahrung. Unter den mindestens 300.000 Käferarten der Erde gibt es eine Reihe von Schädlingen, die Ernten vernichten und Nahrungsvorräte zerstören können, doch auch Arten, die eine wichtige Rolle in der Natur spielen, weil sie tote Pflanzen und Tiere zersetzen und wertvolle Nährstoffe für die Pflanzen wieder freisetzen. Käfer durchlaufen eine vollständige Verwandlung (S.24–25). Aus ihren Eiern schlüpfen Maden, von denen einige jahrelang fressen und wachsen, bis sie sich verpuppen und zu Käfern werden. Käfer sind die am schwersten gepanzerten Insekten. Sie besitzen zu harten Deckflügeln umgewandelte Vorderflügel, die die zarteren, zum Fliegen benutzten Hinterflügel schützen. Das Größenspektrum reicht vom noch nicht einmal stecknadelkopfgroßen Pilzkäfer bis zum 15 cm großen Goliathkäfer.

Goliathkäfer

GOLIATH
Der afrikanische Goliathkäfer (*Goliathus cacicus*) ist der schwerste Käfer der Welt und eines der größten Fluginsekten. Er wird bis zu 15 cm lang und bis zu 100 g schwer. Die Maden leben in verrottenden Pflanzen. Die fruchtfressenden Käfer leben und paaren sich in den Baumwipfeln.

Kängurukäfer (Männchen)

Känguruartige Hinterbeine

Doryphorella langsdorfi

BLATTKÄFER
Blattkäfer sind meist schillernd gefärbt. Der Kängurukäfer (*Sagra busqueti*) umklammert mit seinen langen Hinterbeinen das Weibchen bei der Paarung. Die südamerikanische *Doryphorella langsdorfi* lebt auf den Blättern.

Durch die metallischen Farben sind die Rüsselkäfer auf glänzenden, grünen Blättern getarnt.

Lamprocyphus augustus

Haare schrecken Feinde ab.

Brachycerus fascicularis

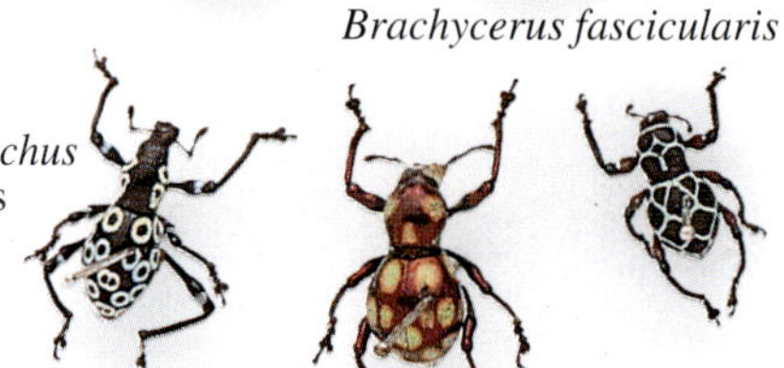
Pachyrhynchus species

„Rüssel"

Eupholus beccarii

Eupholus linnei

RÜSSELKÄFER
Rüsselkäfer besitzen einen „Rüssel", an dessen Vorderende kleine Beißwerkzeuge sitzen. Die meisten Arten sind Pflanzenfresser, z.T. leuchtend gefärbt und auffallend gemustert oder haarig (Feindabschreckung). Die drei mittleren Käfer zeigen Spinnenmimikry (S.46).

Hirschkäfer

HIRSCHKÄFER
Die mächtigen Kiefer dieses glänzend schwarzen Hirschkäfers (*Mesotopus tarandus*) aus Afrika dienen zum Kämpfen (S.24–25).

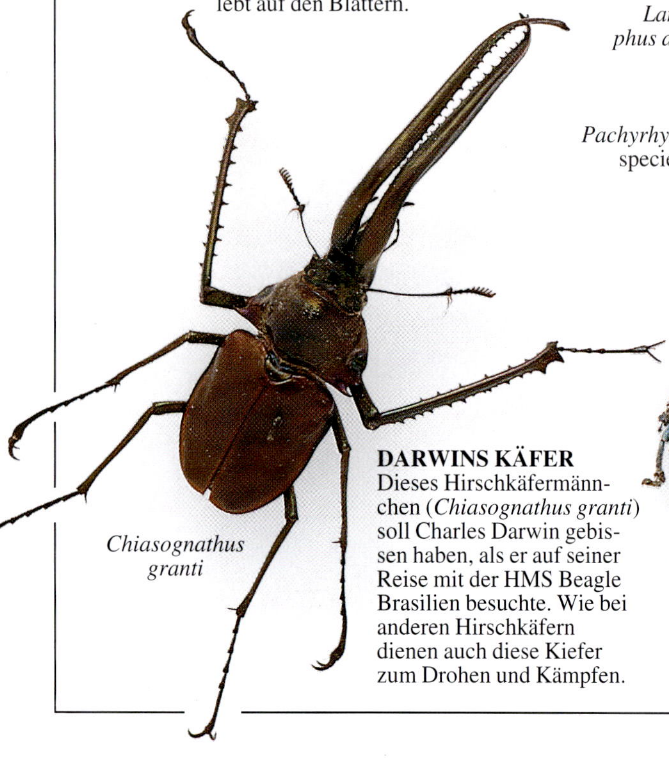
Chiasognathus granti

DARWINS KÄFER
Dieses Hirschkäfermännchen (*Chiasognathus granti*) soll Charles Darwin gebissen haben, als er auf seiner Reise mit der HMS Beagle Brasilien besuchte. Wie bei anderen Hirschkäfern dienen auch diese Kiefer zum Drohen und Kämpfen.

Laufkäfer

Lange Laufbeine

Sandlaufkäfer

KILLERKÄFER
Laufkäfer und die nah verwandten Sandlaufkäfer jagen in der Regel kleine Insekten. Diese große Art aus Afrika (*Anthia thoracica*) fliegt nicht, sondern verfolgt ihre Beute zu Fuß. Der grüne Sandlaufkäfer aus Australien *(Megacephala australis)* lebt an sonnigen Plätzen.

Cosmisomo scopipes

„Flaschenbürsten" zum Anlocken von Weibchen

Phosphorus jansoni

BOCKKÄFER

Bockkäferlarven ernähren sich von totem Holz. Dieser riesige Bockkäfer von den Fidschi-Inseln ist wahrscheinlich ausgestorben, weil nicht genügend Totholz für die Riesenmaden vorhanden war. Der gelbe Käfer ist ein afrikanischer Colabaumschädling; die Weibchen schälen einen Borkenring am Ansatz eines Zweiges ab, der abgestorbene Zweig dient als Larvennahrung. Die „Flaschenbürsten" an Beinen und Fühlern des kleinen Bockkäfers aus Brasilien werden vielleicht zum Anlocken der Weibchen geschwenkt.

Alle Bockkäfer besitzen lange gegliederte Fühler.

Riesenbockkäfer *(Xixuthrus heros)*

Plusiotis resplendens

Heterorrhina macleayi

Hoplia coerulea

Lamprosoma species

Eumolpus species

Onymacris candidipennis

JEDE SCHATTIERUNG

Neben schwarzen Käfern trifft man seltener weiße, blaue und goldfarbene, häufiger sind metallische Grün- und Rottöne.

Prachtkäfer

HAARPRACHT

Die meisten Prachtkäfer sind schillernd gefärbt – aber nicht alle. Der haarige *Julodis klugi* aus Afrika stäubt sich wahrscheinlich mit Blütenstaub ein, damit er von Feinden auf Blüten nicht entdeckt wird.

NUR EIN SAMENKORN?

Dieser bodenlebende Schwarzkäfer *(Helaeus subserratus)* aus Westaustralien ist durch sein samenartiges Aussehen vor Feinden getarnt.

MISTROLLER

Mit Hilfe ihres Männchens rollt dieses grüne Mistkäferweibchen ihre Büffelmistkugel zu ihrem Bau. Dort knetet sie die Kugel durch und legt dann ein Ei hinein.

Gespenstlaufkäfer

GESPENSTLAUFKÄFER

Blattartig abgeflacht ist *Mormolyce phyllodes* zwischen den Lamellen indonesischer Baumpilze getarnt.

Glühwürmchen

LEUCHTSIGNALE

Die flügellosen Weibchen mancher Leuchtkäfer („Glühwürmchen") können zum Anlocken der Männchen mit dem Hinterleib leuchten.

Flügelloses Schnabelkäferweibchen

SCHNABELKÄFER

Demosis-Weibchen werden „Trilobitenlarven" genannt, weil sie aussehen wie die heute ausgestorbenen Trilobiten.

Giraffenrüssler

Langkopfkäfer

MIT GERECKTEM HALS

Nur das Männchen des Giraffenrüsslers (*Tachelophorus giraffa*) aus Madagaskar besitzt einen langen Hals. Dagegen haben beim Langkopfkäfer (*Eutrachelus temmincki*) beide Geschlechter einen lang gezogenen Kopf.

Fliegen und Mücken

FLÜGELLOS
Die kleine Fledermausfliege *Penicillidia fulvida* hat keine Flügel. Sie lebt im Fell von Fledermäusen und saugt Blut. Das Weibchen bringt eine verpuppungsreife Larve zur Welt. Diese fällt zu Boden und verpuppt sich.

Fliegen und Mücken sind Zweiflügler (Dipteren). Nur die Vorderflügel sind bei dieser Ordnung voll ausgebildet, die Hinterflügel sind zu kleinen „Schwingkölbchen" (Halteren) umgebildet, die zur Steuerung und als Gleichgewichtsorgane beim Fliegen dienen. Zweiflügler besitzen große Komplexaugen (S.14–15) und Füße mit Haftorganen, die ihnen das Laufen auch auf glatten Oberflächen erlauben. Sie können die erstaunlichsten Flugmanöver vollführen, z.B. rückwärts oder auf der Stelle fliegen und kopfüber an der Decke landen. Fliegen und Mücken findet man überall auf der Welt, von eisigen Polarregionen bis zu den tropischen Regenwäldern. Es gibt nützliche Arten, z.B. Blütenbestäuber, aber auch gefährliche Krankheitsüberträger wie die Stechmücken. So verbreiten Zweiflügler u.a. die Erreger der Malaria, der Schlafkrankheit und des Gelbfiebers. Bei ihrer Entwicklung durchlaufen diese Insekten eine vollständige Verwandlung (S.24–25). Die Larven leben im Wasser oder in modrigem Tier- oder Pflanzengewebe. Einige Arten ernähren sich nur von lebenden Pflanzen oder Tieren.

FLIEGENMENSCH
Im Film *Die Fliege II* wird ein Mensch langsam zur Fliege.

Kammschnake

Halteren dienen der Balance.

Die größte Schnake der Welt

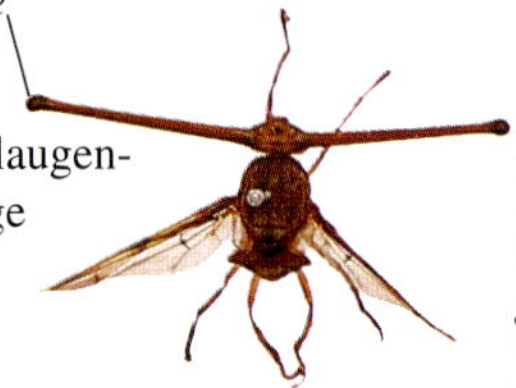

Auge

Stielaugenfliege

AUGE UM AUGE
Die Augen der Stielaugenfliegenmännchen (hier: *Achias rothschildi*, Neuguinea) dienen zum Imponieren. Wer die längsten Augenstiele hat, gewinnt.

Waffenfliege

Celyphus hyacinthus

GRÜNHÄUTIG
Die grüne Färbung dieser südamerikanischen Waffenfliege (*Hedriodiscus pulcher*) beruht auf einem ungewöhnlichen Farbstoff in der Chitinhaut.

KÄFERFLIEGE
Celyphus hyacinthus aus Malaysia besitzt eine erstaunliche Ähnlichkeit mit einem Käfer.

STELZENBEINIGE SCHNAKEN
Weltweit sind etwa 10.000 Wiesenschnakenarten (Tipuliden) bekannt. *Holorusia* aus China gehört zu den größten Mücken. Die kleinere Kammschnake (*Ctenophora ornata*) stammt aus Europa. Die Larven der Schnaken leben teils im Wasser, teils in feuchtem Boden, wo sie sich von Wurzeln ernähren. Großer Wiesenschnakenbefall kann eine Wiese durch Wurzelfraß zerstören.

DIE DICKSTE FLIEGE
Die Maden der südamerikanischen Fliege *Pantophthalmus bellardii* bohren in lebendem Holz. Über die Lebensweise der großen Fliege, die möglicherweise nichts mehr frisst, weiß man nur wenig.

KOTFRESSER
Dungfliegen wie *Scathophaga stercoraria* (Europa) findet man häufig auf feuchtem Dung. Stubenfliegen *(Musca domestica)* legen ihre Eier ebenfalls in Mist ab, aber auch in verdorbenem Fleisch und Gemüse. Beim Fressen an menschlichen Speisen können Fliegen Krankheitserreger verbreiten.

Dungfliege

Stubenfliege

KEINE STIELAUGEN
Clitodoca fenestralis (Afrika) ist mit der Stielaugenfliege aus Neuguinea (links oben) verwandt, doch über ihr Verhalten ist nichts bekannt. Die Flügelzeichnung und der rote Kopf könnten bei der Paarung von Bedeutung sein.

MADEN IM FLEISCH
Das Weibchen der Dasselfliege *Dermatobia hominis* heftet ihre Eier an Stechmücken. Saugt die Stechmücke an einem Menschen Blut, schlüpfen die Larven („Mückenwürmer") und bohren sich unter die Haut des Menschen, wo sie in einer heftig schmerzenden Beule heranwachsen. Schmeißfliegen wie *Cynomya mortuorum* legen ihre Eier in faulem Fleisch und in Kadavern ab und übertragen häufig Krankheiten.

Menschendassel

Blaue Schmeißfliege

„SÜSSIGKEIT GING AUS VOM STARKEN“

Das Alte Testament erzählt, dass Samson im Kadaver eines Löwen Bienen entdeckte. Honigbienen leben jedoch nicht in Aas. Doch die Larven bienenähnlicher Schwebfliegen wie der Schlammfliege („Mistbiene“) leben und verpuppen sich in fauligem Wasser, wie es auch um Aas herum entsteht. Vielleicht lässt sich damit die Darstellung in der Bibel erklären.

SPINNENFRESSER

Die Maden von *Lasia corvina* fressen Taranteln bei lebendigem Leibe auf.

MISCHKOST

Die Bremse *Philoliche longirostris* (Nepal) hat einen kurzen Stechrüssel für Blutmahlzeiten und einen langen Rüssel zum Nektarsaugen.

FLACHE NEKTARFLIEGE

Trichophthalma philippi (Argentinien) trinkt Blütennektar. Die Maden leben in Blatthornkäferlarven.

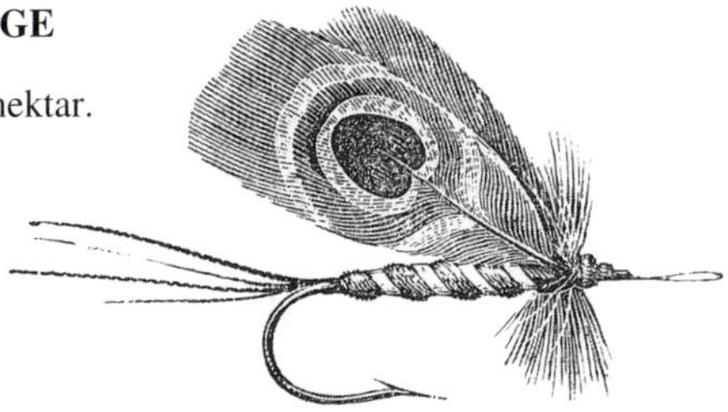

FLIEGENANGELN

Angler tarnen ihre Angelhaken mit Fantasiefliegen wie dieser aus Federn und Zwirn. Die auf dem Wasser schwimmenden künstlichen Fliegen gaukeln Fischen ein ertrinkendes Insekt vor.

RAUPENFLIEGEN

Es gibt viele tausend Arten von Raupenfliegen (Tachiniden) auf der Welt. Die Maden leben parasitisch, d.h. in noch lebenden Tieren. Sie können daher als biologische Waffen gegen Schädlinge dienen. Die gelbliche *Paradejeeria rutiloides* stammt aus Amerika, die Larven leben in Schmetterlingsraupen. Die leuchtend grüne *Formosia moneta* aus Neuginea frisst Blatthornkäferlarven.

RÄUBERISCHE MADEN

Der afrikanische Wollschweber *Ligyra venus* trinkt Nektar, seine Maden aber fressen Wespenbrut.

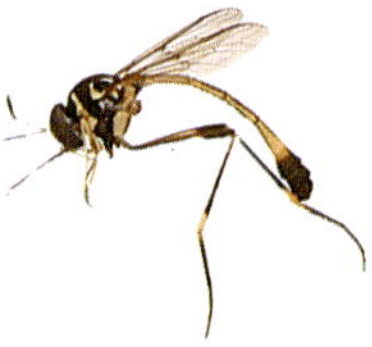

FADENSCHLANK

Dünn wie ein Wollfaden ist dieser Nektar saugende Wollschweber (*Systropus* species, Java). Seine Larven leben in Raupen.

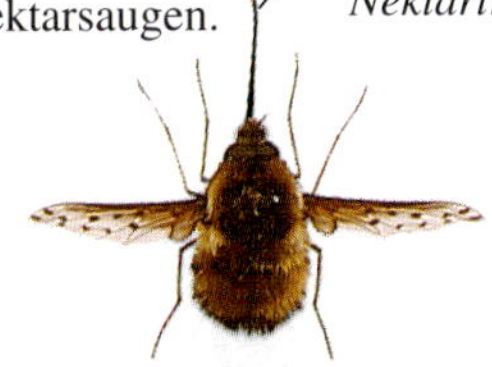

HUMMELSCHWEBER

Der europäische Hummelschweber *Bombylius discolor* gleicht einer Nektar saugenden Hummel. Seine Maden ernähren sich von Solitärbienenbrut.

Syrphus torvus *Volucella zonaria*

SCHWEBFLIEGEN

Diese Fliegengruppe erhielt ihren Namen aufgrund ihrer Fähigkeit scheinbar bewegungslos an einer Stelle in der Luft zu verharren und dann pfeilschnell davonzuschießen. Viele Arten sind schwarzgelb gestreift und ähneln Bienen oder Wespen. Die kleinere Art (*Syrphus torvus*) ist in den Gärten Europas gern gesehen, weil ihre Maden Blattläuse fressen. Die Maden von *Volucella zonaria* fressen Abfälle aus Wespennestern.

Die Raubfliege *Dioctria linearis* frisst eine erbeutete Schlupfwespe.

Mallophora atra

Pagidolaphria flammipennis

Blepharotes splendissimus

Pegesimallus teratodes

RAUBFLIEGEN

Die Mitglieder der großen Familie der Raub- oder Jagdfliegen lauern auf geeigneten „Ansitzen“ auf vorbeifliegende Insekten. Für Bienenstöcke sind sie gefährlich, weil sie die heimkehrenden Bienen töten. Die große, schwarze *Mallophora atra* aus Südamerika imitiert wahrscheinlich Holzbienen (S.38). Das auffällige Männchen mit den Federbeinen gehört zur afrikanischen *Pegesimallus teratodes*. Die „Federn“ werden wahrscheinlich zum Anlocken eines Weibchens geschwenkt.

DIE GRÖSSTE FLIEGE

Diese südamerikanische Mydas-Fliege (*Mydas heros*) ist wohl die größte Fliege der Welt. Die Maden leben in Ameisennestern, wo sie sich von Käfern ernähren, die ihrerseits die Abfälle der Ameisen fressen.

Bienen-
artige
Streifung

KEINE BIENE!
Der harmlose Skabiosenschwärmer *(Hemaris tityus)* gleicht einer Biene.

Schmetterlinge

Wissenschaftlich heißen die etwa 200.000 Arten umfassenden Schmetterlinge *Lepidoptera* („Schuppenflügler"), denn ihr Körper, einschließlich der oft leuchtend gefärbten Flügel, ist von feinen Schüppchen überzogen. Kennzeichnend ist auch der in Ruhe unter dem Kopf aufgerollte, lange Saugrüssel, der zum Trinken wie ein Strohhalm benutzt wird. Schmetterlinge durchlaufen eine vollständige Verwandlung und ihre Larven (Raupen) sind ebenso bunt und formenreich wie die Schmetterlinge selbst. Aufgrund einiger leicht erkennbarer Merkmale lassen sich die Schmetterlinge in zwei Gruppen einteilen, die Tagfalter und die Nachtfalter. Tagfalter sind in der Regel leuchtender gefärbt als Nachtfalter, besitzen meist keulige Fühler und falten ihre Flügel in Ruhestellung über dem Rücken. Nachtfalter mit meist geraden oder fedrigen Fühlern legen ihre Flügel in Ruhe dachförmig über den Rücken.

Jemadia hewitsonii

Gekrümmter Fühler

Amenis baroni

TAG- ODER NACHTFALTER?
Dickkopffalter fliegen am Tag und haben vorn verdickte Fühler. Doch sie gehören in die Nachtfalter-Verwandtschaft der Fensterschwärmer und Zünsler. Dickköpfe sind meist bräunlich, doch die beiden Arten aus Peru sind bunt.

EDELFALTER
Die tiefblaue Farbe des Edelfalters *Asterope sapphira* wird durch die Brechung des Lichts an den Flügelschuppen verursacht.

Gefiederte Fühler

SPANNER
Spannerraupen sind durch ihre Fortbewegungsweise leicht zu erkennen. Die Falter haben meist eine blassgrüne oder hellbraune Tarnfärbung wie der nachtaktive Eichenspanner (*Boarmia roboraria*, Europa). Die leuchtenden Farben legen nahe, dass *Milionia welskei* aus Südostasien tagaktiv und für Vögel ungenießbar ist.

UNGENIESSBAR
Giftige oder ungenießbare Insekten besitzen oft Farbkombinationen aus Schwarz, Rot und Gelb. So wird das tagaktive Widderchen *Campylotes desgodinsi* aufgrund seiner Farben von Vögeln gemieden.

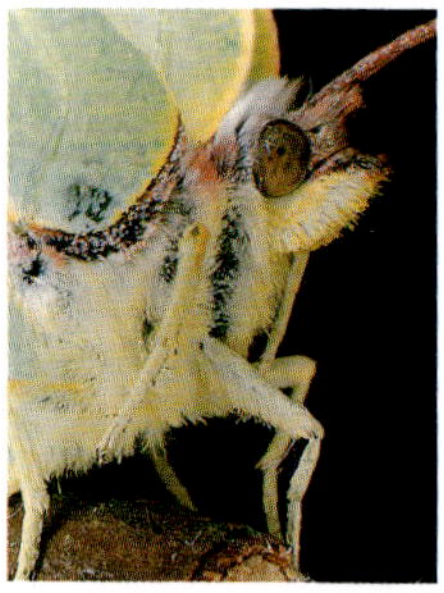

PUTZBEINE
Die Vorderbeine mancher Schmetterlinge dienen als Putzpfoten, vielleicht auch als Sinnesorganträger.

SCHWARZES ORDENSBAND
Das Schwarze Ordensband *(Mormo maura)* ist nachtaktiv. Tagsüber ist der auf Bäumen ruhende Falter durch seine dumpfe Färbung getarnt.

Chrysiridia ripheus

URANIAFALTER
Uraniafalter findet man nur in den Tropen. Sie gehören zu den Nachtfaltern, sind aber oft tagaktiv wie die abgebildete *Chrysiridia ripheus*. Viele Arten sind als Wanderfalter bekannt, die große Strecken zurücklegen können. Die schillernden Farben entstehen durch Lichtbrechung an den Flügelschuppen beim Fliegen. Der blauweiße Uraniafalter *Alcides aurora* mit den fächerförmigen Hinterflügeln lebt in Neuguinea.

Alcides aurora

Fächerförmige Hinterflügel

Augenfleck

Gefiederte Nachtfalterfühler

AUGEN UND SCHWÄNZE
Die grüne Farbe dieses afrikanischen Mondschwärmers *(Argema mimosae)* ist unter Lichteinwirkung verblasst. Die Augenflecken sollen Räuber vom empfindlichen Körper ablenken. Die Flügelschwänze brechen ab, wenn ein Vogel zubeißt. Die silbrigen Kokons sollen bei den Zulus als Knöchelschmuck gedient haben.

Die langen „Schwänze" brechen ab, wenn ein Vogel zupackt.

TAGFALTERFLÜGEL
Ruhende Tagfalter legen ihre Flügel über dem Rücken zusammen.

ZWEIMAL 89
Oben sieht man eine südamerikanische 89 (*Diaethria marchalii*) einmal von oben und einmal von unten. Ein Vogel, der den leuchtend blauen Flügelflecken nachjagt, verliert den Falter aus den Augen, sobald sich dieser setzt und die Flügel faltet.

LOCKENDE DÜFTE
Der bunte *Agrias claudina sardanapalus* (Südamerika) ernährt sich von faulem Obst. Die Männchen locken mit dem Duft ihrer leuchtend gelben Duftschuppen an den Innenseiten der Hinterflügel Weibchen an.

PUPPEN
Hat eine Raupe genug gefressen, wird sie zur Puppe. Aus dieser schlüpft der Schmetterling.

GEFÄHRDET
Durch die Zerstörung der indonesischen Wälder ist *Papilo karna carnatus* vom Aussterben bedroht (S.63).

DURCHSICHTIGE GESTALT
Einige Schmetterlinge haben durchsichtige Flügel wie *Citherias esmeralda* aus Südamerika. Dadurch sind sie für Feinde fast unsichtbar.

RAUPEN
Aus Schmetterlingseiern schlüpfen Raupen.

SCHWALBENSCHWÄNZE
Die meisten Ritterfalter *(Papilionidae)*, u.a. der heute seltene heimische Schwalbenschwanz, besitzen charakteristische Flügelfortsätze. Aufgrund der keuligen Schwanzfortsätze fliegt *Pachliopta coon coon* recht unberechenbar und ist daher schwer zu fangen.

VOGELFALTER
Die Männchen von *Ornithoptera croesus* sind goldfarbig. Die Weibchen gehören zu den größten Schmetterlingen der Welt und verbringen den größten Teil ihres Lebens hoch oben in den Bäumen. Durch das Abholzen der Urwälder sind die meisten Vogelfalter heute vom Aussterben bedroht (S.63).

GLANZFLECKEN
Die metallisch glänzenden Sprenkeln und die sechs Schwänze von *Helicopis cupido* blenden und verwirren Feinde.

LIEBER ROT ALS TOT
Das dunkle Rot von *Camothoe coccinata* ist im Bunt der westafrikanischen Tropenwälder unauffällig. Unterseits ist der Schmetterling braun wie ein totes Blatt.

Schnabelkerfe

OHNE MÄNNCHEN Während des reichen Nahrungsangebots im Frühjahr und Sommer bekommen Blattläuse viel Nachwuchs – ohne Paarung mit einem Männchen (Parthenogenese).

Charakteristisch für die Überordnung der Schnabelkerfe sind die stechend-saugenden Mundwerkzeuge, der „Schnabel“. In diese Gruppe gehören Wasserwanzen und Wasserläufer (S.48–49), die Wasserinsekten aussaugen; Blut saugende Bettwanzen und Raubwanzen, von denen einige beim Menschen gefährliche Krankheiten übertragen; exotische Samenwanzen; Laternenträger und Singzikaden und die als Schädlinge berüchtigten pflanzensaugenden Blattläuse und Schildläuse. Die Vorderflügel der Wanzen besitzen ein derbes Innenteil und ein dünnhäutiges Außenteil, die Hinterflügel sind dünnhäutig. Die insgesamt häutigen Vorderflügel der Zikaden sind meist dachförmig über den Körper gestellt. Wanzen und Zikaden durchlaufen eine unvollständige Verwandlung: Junge Tiere sehen aus wie flügellose kleine Erwachsene. Bei den Blattläusen ist Parthenogenese („Jungfernzeugung“) häufig.

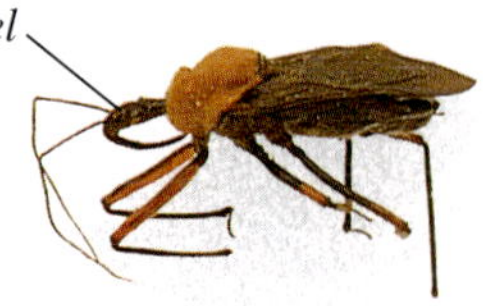

ZIRPENDE WANZE Raubwanzen wie die Mordwanze *Rhinocoris alluaudi* können mit ihrem Rüssel durch Reiben an einer feilenartigen Rinne in der Vorderbrust Geräusche erzeugen.

Locris Vollkerf

ZIKADENSCHAUM Der „Kuckucksspeichel“, z.B. an Wiesenschaumkraut oder Weiden, wird von Schaumzikadenlarven zum Schutz vor Feinden ausgeschieden.

„DIE BÄUME WEINEN“ *oben links* Eine adulte afrikanische *Locris*-Schaumzikade bildet so viel Schaum, dass dieser wie Regen von den Bäumen tropft.

Bettwanzen (vergrößert)

Bettwanze (natürliche Größe)

SINGZIKADEN Die Singzikade *Graphocephala fennahi* frisst Rhododendronblätter. Andere, meist grün gefärbte Singzikadenarten bevorzugen andere Pflanzen, darunter auch Rosen und Baumwolle.

NÄCHTLICHE HEIMSUCHUNG Die Bettwanze *(Cimex lectularius)* gehört zu einer kleinen Familie Blut saugender Wanzen, von denen die meisten an Fledermäusen oder Vögeln saugen. Sie können mehrere Monate ohne Nahrung auskommen und vermehren sich am schnellsten an warmen Orten, z.B. in Häusern mit warmen Schlafzimmern.

ZYSTEN Einige Schildläuse bilden Zysten, Stadien mit harter Schale, die große Trockenheit überdauern können.

Zysten von *Margarodes formicarum*

Ceratocoris horni

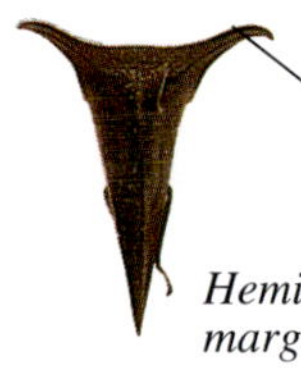

Hemikyptha marginata

Thasus acutangulus

UNGEWÖHNLICHE PFLANZENSAUGER Eine unerklärliche Formenfülle findet man bei Pflanzen saugenden Wanzen. So gibt es Arten mit Beinstacheln wie *Thasus acutangulus*, mit Hörnern wie Ceratocoris horni oder ganz bizarre Tiere wie *Hemikyptha marginata.*

Napfschildläuse *(Coccus hesperidum)*

Citrus-Schildlaus *(Planococcus citri)*

SAFTSAUGER Die flügellosen Weibchen der Schildläuse sind einem Insekt recht unähnliche Pflanzenschädlinge: Saft saugende Säckchen.

ZIKADENKONZERT Singzikaden wie die indische *Angamiana aetherea* sind für den lauten Lockgesang der Männchen bekannt. Die Nymphen leben unter der Erde, wo sie Wurzeln anzapfen. Bei der nordamerikanischen Siebzehnjahrzikade dauern die Larvenstadien 17 Jahre. Dann kommen ganze Zikadenschwärme auf einmal aus dem Boden, erklimmen die Bäume und singen eine Woche lang.

Raubwanze
(Centraspis species)

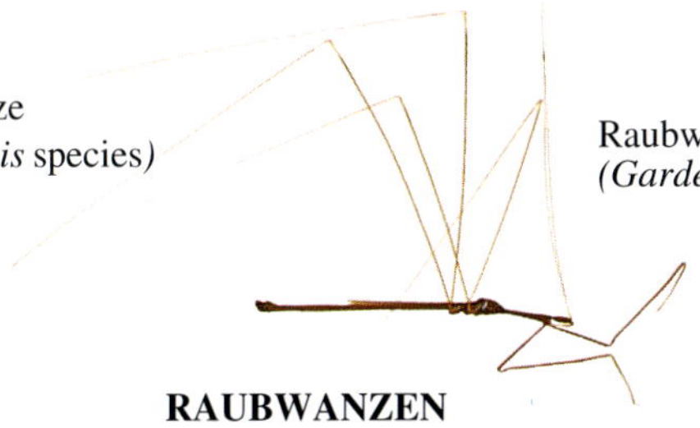

Raubwanze
(Gardena melanarthrum)

RAUBWANZEN
Raubwanzen saugen andere Tiere aus. *Gardena melanarthrum* sammelt mit ihren langen Beinen möglicherweise ihre Nahrung aus Spinnennetzen. Die plumpe *Centraspis*-Art jagt u.a. Tausendfüßer. Zur Unterfamilie der Triatominen gehören die Überträger der gefährlichen Chargaskrankheit in Südamerika.

Die Raubwanze *Platymeris biguttata* frisst eine Schabe.

Laternenträger im Flug

FLIEGENDER ALLIGATOR
Der Vorderkopf des Laternenträgers *Fulgora servillei* ist lang gestreckt und erinnert an einen Alligatorkopf mit Zähnen, Nasenlöchern und Augen. Die richtigen Augen und Fühler sitzen am Hinterkopf. Auf Zweigen ist diese Baum lebende Zikade nur schwer zu erkennen. Der Kopffortsatz der Laternenträger ist vielen Behauptungen zum Trotz kein Leuchtorgan.

Corizus hyoscianni (Europa), eine pflanzensaugende Wanze

SCHMACKHAFTE WASSERWANZEN
Riesenwasserwanzen *(Lethocerus grandis)* findet man in den Tropen häufig. Sie leben unter Wasser und jagen Schnecken oder sogar kleine Frösche und Fische. Sie werden als Würze für bestimmte chinesische Speisen extra nach Kalifornien eingeführt.

SAUGRÜSSEL
Bei einer lebenden Wanze weist der Schnabel unter dem Körper nach hinten. Bei diesem Museumsexemplar (*Lohita grandis*) ist er nach vorne gelegt, damit man ihn besser sieht. Diese Wanze saugt an Baumwolle und Hibiscus.

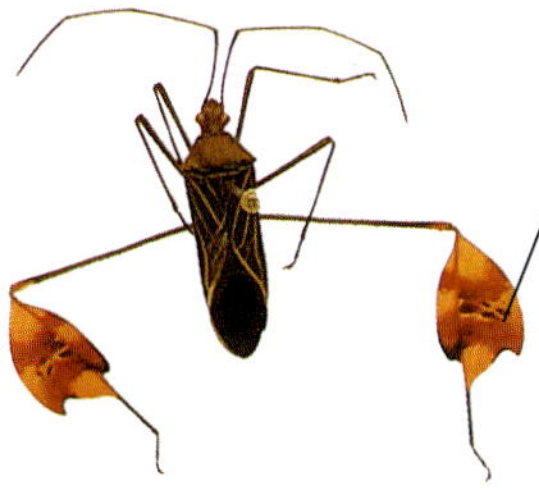

MIT FLIEGENDEN FAHNEN
Die Lederwanze *Bitta flavolineata* schwenkt die „Fahnen" an ihren Beinen, wahrscheinlich, um Feinde vom Körper abzulenken.

Runibia decorata

Calliphara excellens

Adulte Schildwanze *(Pycanum rubens)*

Die junge Schildwanze sieht aus wie ein kleiner Vollkerf.

Chrysocoris sellatus

BRUTPFLEGE
Schildwanzen zeigen recht verschiedene Formen, Farben und Größen. Bei manchen Arten nimmt das Weibchen die Jungen schützend unter ihren Schild. Viele Arten sind leuchtend gefärbt. Der große Schild bedeckt die Flügel völlig.

SCHRECKFARBEN
Viele Laternenträger besitzen – wahrscheinlich zur Feindabschreckung (S.47) – auffallend gefärbte Hinterflügel und seltsame Kopfformen wie diese mittelamerikanische *Phrictus quinquepartitus* und *Fulgora servillei* (ganz oben).

KOSTWECHSEL
Bei den zarten Derbiden wie dieser *Derbe longitudinalis* ernähren sich die jungen Tiere von Pilzen, die Vollkerfe aber sind Pflanzenschädlinge.

Muster und Zeichnung der Schildwanzenschilde erinnern an Stammesschilde wie diesen afrikanischen Massaischild.

Wespen, Bienen, Ameisen

Die Hautflügler mit Blatt-, Holz-, Schlupf- und Gallwespen, Hummeln, Wespen, Bienen und Ameisen bilden eine der größten Insektenordungen. Man kennt heute etwa 200.000 Arten, doch ständig entdeckt man neue. Abgesehen von den Pflanzenwespen besitzen Hautflügler eine charakteristische „Wespentaille“. Der Legeapparat (Ovipositor) am Hinterleibsende vieler Wespen- und Bienenweibchen ist zu einem schmerzhafte Stiche verursachenden Wehrstachel umgewandelt (S.46–47). Einige Arten sind „soziale“ Tiere, sie leben in einem selbst gebauten Gemeinschaftsnest und kümmern sich gemeinsam um die Brut. Vor allem die Staaten der Ameisen haben den Menschen von jeher beeindruckt. Schon seit der Frühzeit werden Bienen (S.58–59) als Honig- und Wachslieferanten vom Menschen gezüchtet. Nützlich für den Menschen sind auch die unzähligen Schlupfwespen, die bei vielen land- und forstwirtschaftlichen Schädlingen schmarotzen. Von großer ökologischer Bedeutung, u.a. für den Obstanbau, ist die Funktion vieler Hautflügler als Blütenbestäuber.

WESPENTAILLE
Im ausgehenden 19.Jh. waren „Wespentaillen“ bei den Damen modern.

Männchen

Königin

Arbeiterin

WALDWESPEN
Im Sommer fangen Waldwespenarbeiterinnen (*Dolchivespula sylvestris*) Raupen als Nahrung für die Brut. Im Herbst, wenn die Brut ausgewachsen ist, suchen sie auch in Häusern nach zuckerreicher Nahrung.

Der Stachel spritzt Gift in die Stichwunde.

STACHEL
Das Foto zeigt einen Wehrstachel in starker Vergrößerung. Der Stachel ist ein abgewandelter Legebohrer.

Hornisse

HORNISSEN
Der Stich der Hornisse (*Vespa crabro*), der größten europäischen Wespe, ist sehr schmerzhaft. Wie bei den Waldwespen überwintert die Königin und beginnt im Frühjahr mit dem Nestbau. Die ersten Eier entwickeln sich zu Arbeiterinnen, die das Nest weiter ausbauen und die nun nur noch Eier legende Königin und ihre Brut mit Nahrung versorgen. Männchen und neue Königinnen schlüpfen erst im Herbst.

SPINNENMÖRDER
Die größte Wespe der Welt ist *Pepsis heros*. Das Weibchen dieser Schlupfwespenart fängt eine große Spinne und lähmt sie mit einem Stich ihres Giftstachels. Sie legt ein Ei in die betäubte, aber noch lebende Spinne und schiebt sie in einen kleinen Bau. Wenn die Larve schlüpft, hat sie ausreichend frisches Spinnenfleisch zu fressen.

Parasitische Biene

PARASITISCHE BIENE
Die meisten Bienen leben nicht sozial und bauen keine großen Nester wie die Honigbiene (S.58–59). Diese große blaue *Aglae caerulea* legt ihre Eier in die Waben von Orchideenbienen (unten); die Larven fressen die Orchideenbienenbrut und deren Nahrungsvorrat.

Orchideenbienen

Euglossa assarophora

Euglossa intersecta

PARFÜM
Die Männchen der südamerikanischen Orchideenbienen sammeln auf Orchideen einen Stoff, den sie in ein Parfüm zum Anlocken der Weibchen umwandeln.

DIE GRÖSSTE BIENE
Die asiatische Holzbiene *Xylocopa laticeps*, die größte Biene der Welt, brütet in Gängen, die sie in morsches Holz gräbt. Die Männchen verteidigen ihr Revier durch Umschwirren der Gegner.

HUMMELN
Wie die Honigbienen leben auch die nah verwandten Hummeln sozial. Man findet sie überall in den nördlichen gemäßigten Zonen der Erde. Diese Berghummel (*Bombus monticola*) brütet in Erdbauten, meist unter Heidelbeersträuchern.

Langer Legebohrer

BAUMBOHRER
Schlupfwespenweibchen legen ihre Eier auf andere Insekten, die den Larven dann als Nahrung dienen. Dieses Holzschlupfwespenweibchen (*Rhyssa peruasoria*, Europa) bohrt mit ihrem außergewöhnlich langen Legebohrer tief ins Holz und legt ihre Eier auf lebenden Pflanzenwespenlarven ab. Es ist erstaunlich, mit welcher Treffsicherheit die Wespen ihre Wirte im Holz finden.

Männchen

Weibchen: Röhrenförmiger Hinterleib zur Eiablage

LANGER HINTERLEIB
links Das Weibchen der amerikanischen Schlupfwespe *Pelecinus polyturator* kann mit dem langen, dünnen Hinterleib ihre Eier in tief in morschem Holz verborgenen Käferlarven ablegen.

Amblyteles Schlupfwespe

Puppe

WÄHLERISCH
Viele Wespenarten sind bei ihrer Eiablage auf bestimmte Wirte angewiesen. Die Larven der europäischen Schlupfwespe *Amblyteles armatorius* können sich z.B. nur in der Puppe einer einzigen Schmetterlingsart entwickeln.

Kokons der Brackwespe Apanteles

PARASITISCHE WESPEN
Viele Brackwespen entwickeln sich in Schmetterlingsraupen. Die afrikanische *Apanteles gratiosus* legt ihre Eier auf haarige Raupen. Wenn die kleinen Larven sie innen ausgefressen haben, bilden sie außen Kokons.

AUSGEHÖHLT
Aus den Kokons auf dieser ausgefressenen Schwärmerraupe schlüpft eine neue Generation parasitischer Wespen.

Die Riesenholzwespe (*Urocerus gigas)* ist ein Kiefernschädling.

Die Larven von *Chalinus imperialis* (Afrika) ernähren sich von Käferlarven im Holz.

Die Larve der europäischen *Cimbex femoratus* ernährt sich von Birkenblättern.

PFLANZENWESPEN
Pflanzenwespen unterscheiden sich von den übrigen Hautflüglern vor allem durch das Fehlen einer Wespentaille. Die Weibchen legen ihre Eier in Pflanzengewebe ab. Die oft raupenähnlichen Larven ernähren sich vegetarisch, wobei sie z.T. auch Gallen bilden oder Gangsysteme anlegen. Im Gegensatz zu den meisten anderen Insektengruppen findet man Pflanzenwespen in den Tropen seltener als in den gemäßigten Zonen.

SCHMETTERLINGSJÄGER
Diese hübsche Wespe (*Editha magnifica)* aus Südamerika greift auf dem Boden sitzende Gruppen von Schmetterlingen an. Die Wespe ersticht die Schmetterlinge einen nach dem anderen, beißt die Flügel ab und schleppt die Körper in einen Bau, in dem sie ihre Eier ablegt. Die Larven leben bis zur Verpuppung von den Schmetterlingsvorräten.

Ameisen

Ameisen leben gesellig. Bei einigen Arten kann ein Volk aus über 1 Mio. Tieren bestehen (S.56–57). Ameisen besitzen kräftige Kiefer, mit denen sie heftig zubeißen können. Einige Arten spritzen in die Bisswunden mit dem Hinterleibsende ein Sekret, das Ameisensäure enthält.

Geflügeltes Treiberameisenmännchen

DICK, ABER MOBIL
Kennzeichnend für die etwa 200 meist tropischen Treiberameisenarten ist ihre vagabundierende Lebensweise.

GRILLENJÄGER
Diese schillernde Wespe (*Chlorion lobatum*, Indien und Borneo) fängt und ersticht Grillen und legt auf ihnen ein Ei ab. Gleich nach dem Schlüpfen beginnt die Larve die Grille aufzufressen.

Dinoponera grandis

DIE GRÖSSTE AMEISE
Die größten Arbeiterinnen findet man in der südamerikanischen Ameisengattung *Dinoponera*. Sie leben in Kolonien, jagen aber einzeln.

Treiberameisen-arbeiterinnen

Treiber-ameisen-königin

TREIBER-AMEISEN
Treiberameisen wie *Dorylus nigricans* (Afrika) legen keine festen Dauernester, sondern nur vorübergehend benutzte „Biwaks“ an, wenn die Königin Eier legt; dann ziehen sie mit Eiern und Larven weiter. Auf ihren Raubzügen greifen die oft millionenstarken Völker jedes Tier an, das ihnen in den Weg kommt.

Ameisen verständigen sich durch Duft und Berührung.

Andere Insekten

JIMINY CRICKET
Walt Disneys Jiminy Cricket ist wohl die einzige vierbeinige Grille der Welt!

Die fünf bisher behandelten Insektenordnungen (Käfer, Schnabelkerfe, Zweiflügler, Hautflügler und Schmetterlinge) umfassen etwa zwei Drittel aller Arten. Die übrigen Insekten lassen sich etwa 15 kleineren Ordnungen zuordnen. Einige sind hier abgebildet: Schaben, Ohrwürmer, Ameisenlöwen, Libellen, Fangschrecken, Heuschrecken und Stabheuschrecken. Erwähnt seien noch Ordnungen mit sehr kleinen Arten. Am häufigsten sind die Psocopteren (Flechtlinge, Rinden-, Staub- und Bücherläuse), die Thripse oder Fransenflügler, die im Sommer massenhaft auf Blüten sitzen, und Parasiten wie Federlinge, Haarlinge, Läuse und Flöhe, die Tiere und Menschen befallen und Krankheiten übertragen können.

AUSSTERBENDE GRILLE
Diese große Grille war einst in Neuseeland häufig. Heute gibt es sie nur noch vereinzelt auf wenigen Inseln.

Deinacrida rugosa

Schlanke Gliederbeine

STABHEUSCHRECKEN
Die grünen oder braunen Stabheuschrecken sind lang und dünn und besitzen schlanke Beine und Fühler. Am Tage hängen sie fast bewegungslos in Bäumen und Sträuchern und sehen für ihre Feinde aus wie ein Zweig (S.45). Nachts laufen sie herum und fressen Blätter. Bei vielen Arten besitzen nur die Männchen Flügel.

Flügel

Anchiale maculata, Neuguinea

Eurycantha calcarata aus Papua-Neuguinea

Fühler

Stachelbeine als Schutz vor Feinden

GOTTESANBETERIN
Viele Arten der schlanken Fangheuschrecken sind durch eine leuchtend grüne oder dumpf braune Färbung getarnt (S.45). Mit den in Lauerstellung scheinbar betenden Fangbeinen ergreifen sie Beuteinsekten.

Gottesanbeterin (*Sibylla pretiosa*) aus Afrika

In Lauerstellung gehaltene Fangbeine: „Bethaltung“ der Fangschrecken

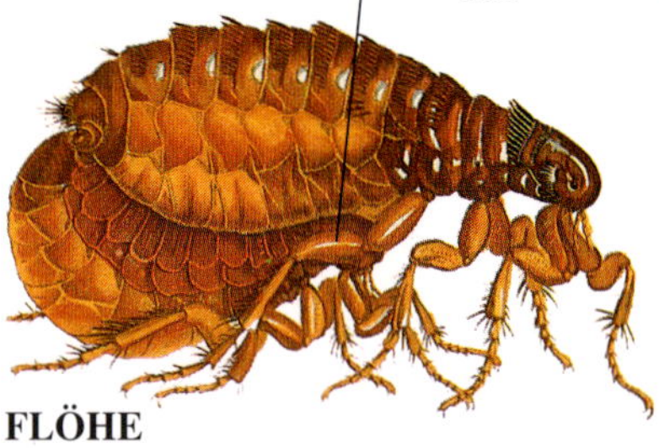

Die kräftigen Hinterbeine ermöglichen den Flöhen weite Sprünge.

Flohhochzeit

FLÖHE
Flöhe sind Blutsauger. Jede Art bevorzugt das Blut einer bestimmten Tierart. Ein Hundefloh z.B. sticht einen Menschen nur, wenn er sehr großen Hunger hat. Die kleinen, weißen Flohlarven ernähren sich nicht von Blut, sondern von organischen Abfallstoffen. Flöhe können lange Zeit ohne Blutmahlzeit überleben.

Durch ihre Färbung ist die Grille auf den flechtenbedeckten Zweigen getarnt.

Der aufgeblasene Hinterleib dient als Resonanzkasten.

GESANGSTECHNIKEN
Heuschreckenmännchen erzeugen durch Reiben der Hinterbeine an den harten Vorderflügeln Geräusche zum Anlocken der Weibchen. Die afrikanische Feldheuschrecke *Physemacris variolosa* besitzt einen aufgeblähten Hinterleib, der wie eine große Trommel als Resonanzkasten dient. Grillen wie *Trachyzulpha fruhstorferi* zirpen durch Aneinanderreiben der Flügel (S.12).

Kleinlibellen legen in Ruhestellung ihre Flügel über dem Rücken zusammen, Großlibellen dagegen rasten mit ausgebreiteten Flügeln.

Die größte Kleinlibelle

GROSSLIBELLEN
Die indische *Nannophya pygmaea* ist die kleinste bekannte Großlibelle.

KLEINLIBELLEN
Die meisten Kleinlibellen sind kleine, zarte, oft leuchtend gefärbte Insekten. *Megaloprepus caerulatus* aus Costa Rica ist die größte Kleinlibelle der Welt. Ihre Nymphen (S.26–27) leben im Wasser, das sich in Baumhöhlen sammelt. Libellenlarven leben immer im Wasser und ernähren sich räuberisch.

Palpares libelluloides

Die bandförmigen Hinterflügel lenken Feinde von den empfindlichen Körperteilen ab.

FADENFLÜGLER
Der Fadenflügler *Nemoptera sinuata* ist mit der Ameisenjungfer verwandt. Die Jungen leben im Staub von Höhleneingängen und Felsüberhängen im Mittelmeergebiet.

Kiefer

Ameisenlöwe

AMEISENLÖWEN
Ameisenlöwen nennt man die Larven einer Netzflüglerfamilie, deren Vollkerfe (Ameisenjungfern) einer Libelle gleichen. Ameisenlöwen graben trichterförmige Krater in lockeren Sand. In den Trichter rutschende Ameisen werden ausgesaugt. Im Gegensatz zu den meisten Ameisenjungfern ist die mediterrane *Palpares libelluloides* tagaktiv.

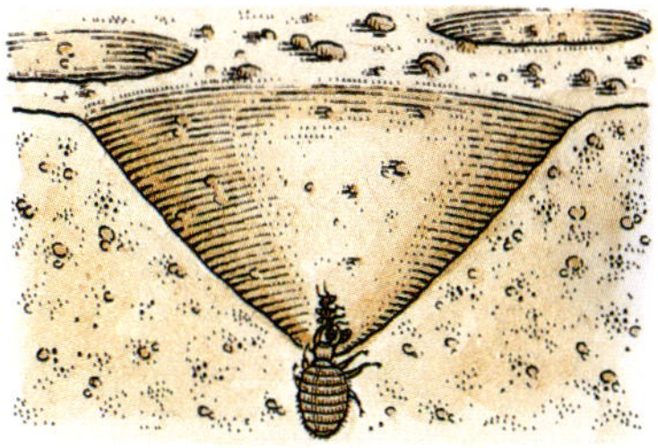

Ein Ameisenlöwe in seinem Trichter

KOPFLAUS
Dieses Ungeheuer ist eine stark vergrößerte Kopflaus (*Pediculus humanus capitis*). Sie saugt Blut und besitzt spezielle Klauen zum Festhalten an den Haaren.

Kopflaus

TRICHTERBAUER
Die Larven des bunten Libellenähnlichen Schmetterlingshafts (*Libelloides coccaius*) aus dem Mittelmeerraum ähneln Ameisenlöwen, bauen aber keine Trichter, sondern jagen zu Fuß.

Megaloblatta longipennis, die größte fliegende Schabe

SCHABEN
Die Schaben sind eine alte, weit verbreitete Insektengruppe. Manche Arten sind Vorratsschädlinge, die sich mit ihren platten Körpern in Spalten verstecken.

Polyzosteria viridissima aus Australien: eine flügellose Schabenart

OHRWÜRMER
Ohrwürmer sind meist nachtaktiv. Sie verstecken sich gern in dunklen Schlupfwinkeln (früher glaubte man, auch im Ohr) und fressen, wie der australische *Titanolabis colossea*, der größte Ohrwurm der Welt, lebende und tote Pflanzen und Tiere. Unter den kurzen, dunklen Vorderflügeln sind die längeren, durchsichtigen Hinterflügel zusammengefaltet.

Der größte Ohrwurm

Insekten und Pflanzen

In den Kohlewäldern, die die Erde vor über 300 Millionen Jahren bedeckten, gab es nur wenige Insektenarten. Libellen flogen durch die Sumpfgebiete (S.48–49), doch Schmetterlinge, Wanzen und Käfer standen erst am Anfang ihrer Entwicklung. Auch die uns heute so vertrauten Blütenpflanzen gab es noch nicht. Die Entstehung von Blüten und die zunehmende Zahl von Pflanzenarten schufen ungeahnte Möglichkeiten für die Evolution neuer Insektenarten. Einige Insekten übernahmen die Rolle von Bestäubern, andere spezialisierten sich auf Knospen oder Samennahrung; wieder andere fraßen die verschiedenen Blatt- und Fruchtsorten, die im Laufe der Zeit entstanden. Es scheint, dass die Evolution der Blütenpflanzen mit der der Insekten Hand in Hand ging. Wichtig war auch die Entstehung von Insektenarten, die von toten Pflanzen und Tieren leben und so die Nährstoffe für neues Pflanzenwachstum verfügbar machen. Die Fülle dieser Insektenarten wiederum gibt Nahrung für ein Heer von räuberischen Tieren.

BLÜTEN
Viele Blüten werden von Insekten bestäubt.

EUKALYPTUS-GALLEN
Diese dicke, rundliche Eukalyptusgalle mit den vier langen Hörnern wird von einem Weibchen einer australischen Schildlausart bewohnt. Sobald es ausgewachsen ist, wird das flügellose Weibchen in der Galle von einem geflügelten Männchen durch ein kleines Loch zwischen den Hörnern begattet. Die Männchen entwickeln sich in nagelartigen Gallen, oft auf einer weiblichen Galle.

BLATTMINIERER
Die Maden der kleinen Minierfliege *Phytomyza vitalbiae* fressen das Gewebe zwischen Blattober- und -unterseite. Dabei entstehen helle Gänge, außerdem hinterlässt die Made eine dunkle Kotspur. Starker Minierbefall kann eine Pflanze schwer schädigen und sogar zum Absterben bringen.

KÄFERGALLE
Diese Käfer (*Saxa femorata*) entwickeln sich im angeschwollenen Stängel einer Kletterpflanze. Der Stängel beginnt zu schwellen, wenn das Käferweibchen die Eier darin ablegt. Die Schwellung wächst mit den heranwachsenden Käferlarven bis zur Verpuppung.

1 EINE SAUBERE HUMMEL
Bienen und Hummeln sind für viele Pflanzen wichtig, weil sie Blütenstaub von einer Pflanze zur nächsten befördern und so die Samenproduktion ermöglichen. Bunte Blüten und süßer, Nektar versprechender Duft locken Hummeln und andere Blüten bestäubende Insekten an.

2 MIT POLLEN EINGEPUDERT
Wenn die Hummel Nektar aus dem Inneren der Hundsrose saugt, berührt sie die Staubbeutel. Pollenkörner bleiben an ihrem Pelz hängen.

EIBENGALLEN

Die Eibengallmücke (*Taxomyia taxi*) unterbricht das Knospenwachstum und verursacht schopfartig umgewandelte Triebspitzen. In jeder Galle befindet sich eine einzige rötliche Larve. Wenn die Larve heranwächst, werden die Gallenblätter braun.

Normaler Eibentrieb

GALLÄPFEL AN EICHEN

Aus den runden, holzigen Galläpfeln der Eichengallwespe *Andricus kollari* (Europa) schlüpfen Weibchen, die ihre unbefruchteten Eier in Knospen junger Zweige legen. Dort entwickelt sich dann eine geschlechtliche Generation.

Eichengallapfel

NOCH EINE EICHENGALLE

Legt ein befruchtetes Weibchen der Eichengallwespe *Cynips quercusfolii* ein Ei in den Blattnerv eines Eichenblattes, bilden sich solche kirschgroßen Eichengallen zum Schutz und zur Versorgung der Larve.

Junge Gallen sind weiß.

PISTAZIENGALLEN

Solche Röhrengallen werden von Pistazienbäumen im Mittelmeergebiet um Kolonien der Röhrenlaus *Baizongia pistaciae* gebildet. Wie auch bei anderen Röhrenläusen gibt es zwei Generationen auf verschiedenen Pflanzen.

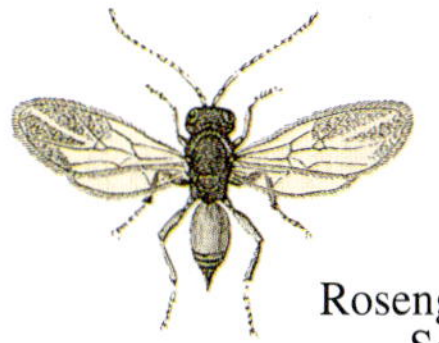

ROSENGALLEN

Rosengallen oder „Schlafäpfel" werden durch die Eiablage der kleinen Gallwespe *Diplolepis rosae* ausgelöst. Jede Galle enthält mehrere Wespenlarven in getrennten Kammern.

SCHLAFAPFEL

Früher glaubte man, dass die rosafarbenen, moosartigen Rosengallen – nachts unter das Kopfkissen gelegt – Schlaf brächten. Daher gab man ihnen den Namen Schlafäpfel.

Halbierte Blütengalle

Galläpfel auf Eichenblättern

GALLÄPFEL

In den Galläpfeln entstehen nur Weibchen von *Cynips quercusfolii*. Im Winter legen diese Weibchen ihre Eier auf Eichenknospen, im Frühjahr schlüpfen Männchen und Weibchen und paaren sich. Die befruchteten Weibchen legen ihre Eier auf Eichenblättern ab, es entstehen neue Galläpfel.

3 DIE KÖRBCHEN FÜLLEN

Die Hummel sammelt immer mehr Pollenkörner und kämmt sie von ihrem Körper in die haarigen Pollenkörbchen an den Hinterbeinen. Dann fliegt sie zum Bau. Die Honigbiene legt in ihren Waben Pollen- und Nektarvorräte an, die der Imker erntet.

PUPPENWIEGE

Manche Raupen rollen ein Blatt ein, heften es mit Seidenfäden zusammen und verpuppen sich geschützt im Inneren.

BLÜTENGALLEN

Weibchen der Gallwespe *Neuroterus quercusbaccarum* legen im Frühling ihre Eier in die männlichen Blütenstände der Eiche. Um die Larven entstehen weinbeerenartige Gallen. Nach der Paarung im Sommer legen die Weibchen der nächsten Generation ihre Eier an Eichenblättern ab. Um die Eier entstehen kleine, flache rötliche Gallen, die Linsen-Blattgallen. Diese fallen zu Boden. Im Frühling schlüpft daraus ein neues Weibchen, das wieder unbefruchtete Eier in Blütenstände ablegt.

NOCH MEHR GALLÄPFEL

Das kleine flügellose Weibchen der Gallwespe *Biorhiza pallida* legt seine Eier in Eichenblattknospen. Um die Eier entstehen Galläpfel. Aus den parthenogenetisch (S.36) entstandenen Eiern entwickeln sich in getrennten Gallen Männchen und Weibchen. Diese paaren sich und die Weibchen legen ihre Eier an Eichenwurzeln ab. Die an den Wurzeln herangewachsenen flügellosen Weibchen müssen den Baum hinaufklettern, um ihre Eier in Blattknospen ablegen zu können.

Eichen-Gallapfel

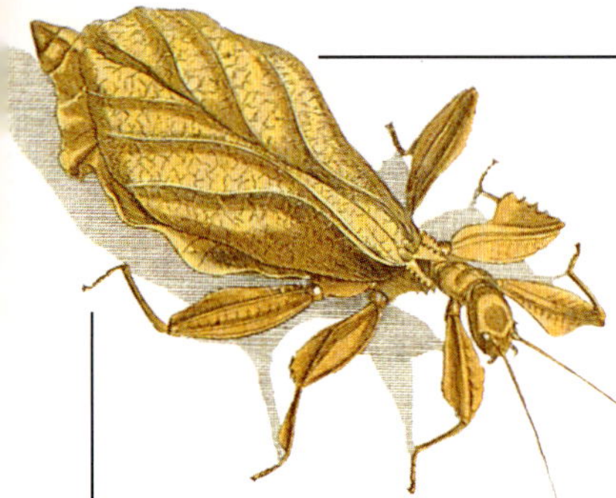

WANDELNDES BLATT
Einige Gespenstschrecken sind durch ihr blattartiges Aussehen vor Feinden geschützt. Nicht nur die Flügel gleichen einem Blatt, auch die Beine sind teilweise blattartig verbreitert.

Tarnung

Insekten werden von vielen Tieren erbeutet. So sind die meisten Fledermäuse und etwa die Hälfte aller Vogelarten Insektenjäger. Bei Fröschen, Eidechsen und Krokodilen bilden Insekten einen wichtigen Bestandteil der Nahrung, ebenso bei Spitzmäusen, Füchsen und Affen. Auch viele Insekten jagen andere Insekten und in manchen Gegenden der Erde werden sie sogar von den Menschen gegessen. Bei dieser Fülle von Feinden ist es nicht verwunderlich, dass die Insekten die ungewöhnlichsten Tarn- und Warnfarben entwickelt haben. Einige Arten besitzen unregelmäßig gemusterte oder gesprenkelte Flügel, durch die sie auf der Rinde der Bäume, auf denen sie leben, nicht auffallen. Andere, z.B. die Blatt- und Stabheuschrecken, sehen Blättern oder Zweigen täuschend ähnlich und werden daher von Feinden wie Eidechsen oder Vögeln nicht als Insekt erkannt.

Rindenwanze auf Rinde

Rindenwanze

RINDENWANZEN
In den Tropen gibt es viele hundert Rindenwanzenarten, doch man weiß nur wenig über sie. Diese mittelamerikanische *Flatoides dealbatus* ist durch ihre hellbraune Färbung und ihr borkiges Aussehen auf Baumrinde kaum zu erkennen. Andere Arten sind durchsichtig, wieder andere sind braun und grau gefleckt und dadurch auf flechtenbewachsenen Bäumen kaum auszumachen.

TOT STELLEN
Alte Blätter hängen oft noch am Baum, wenn sie schon lange braun und trocken sind. Diese brasilianische Laubheuschrecke *(Ommatoptera pictifolia)* sieht nicht nur aus wie ein totes Blatt, sie verhält sich auch ganz still. So halten sie auch ihre Feinde für ein trockenes Blatt am Zweig.

Die Flügeladern erscheinen wie Blattadern.

Schwertförmiger Legebohrer (Ovipositor)

Die Beine halten den Körper in „Blattstellung“.

Die leicht zerschlissenen Flügel verstärken den Eindruck eines alten Blattes.

Fühler dicht an die Rinde gedrückt

Die Flügel „verschwinden“ auf der Rinde.

RINDENIMITAT
Dicht an einen kleinen Zweig gepresst erscheint die graubraune Langfühlerschrecke *Sathrophyllia rugosa* (Indien) wie ein Stück Rinde. Die Flügel verschmelzen mit der rauen Borke, das Insekt ist praktisch unsichtbar.

SCHNELLKÄFER AUF BAUMRINDE
Die weißlichen Flecken auf dem Oberkörper lassen diesen Schnellkäfer (*Alaus* species) mit der flechtenbedeckten Rinde dieses nigerianischen Baumes verschmelzen.

AUFLÖSUNG DER UMRISSE
Eine wichtige Tarnungsstrategie ist die Verschleierung der Umrisse. Dadurch ist das Insekt nicht mehr als solches zu erkennen. Diese Aufgabe erfüllen die blattartigen Bein- und Körperanhänge sowie blattartige Flügel bei der Fangschrecke *Gongylus gongylodes* für die Tarnung im Laub.

FLECHTENKÄFER

Bockkäfer imitieren oft ihre Umgebung oder andere Insekten (S.46). *Lithinus nigrocristatus* aus Madagaskar ist auf flechtenbewachsenen Zweigen nicht zu erkennen. Auf den abgebildeten Zweigen sind vier Käfer versteckt.

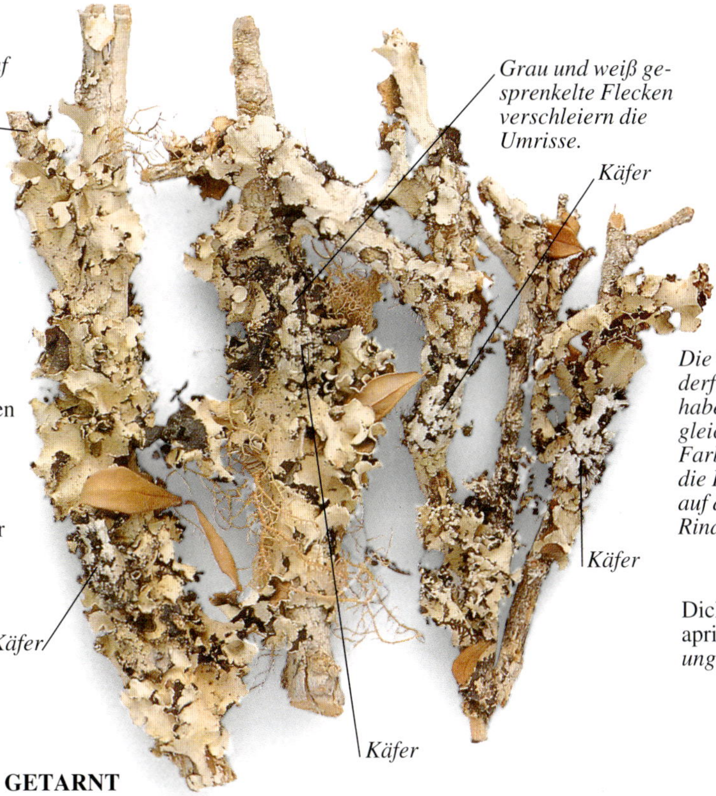

TAGS GETARNTER NACHTFLIEGER

Viele Nachtfalter, die tagsüber auf der Rinde von Bäumen ruhen, besitzen eine Tarnfärbung, die sie auf der Rinde vor Vogel- und Eidechsenaugen verbirgt. Wie der oben abgebildete Rüsselkäfer ist *Dichonia aprilina* auf flechtenbedeckten Bäumen praktisch unsichtbar. Auf der Rinde ohne Flechtenbewuchs ist sie wesentlich leichter auszumachen.

ALS BLATT ODER ZWEIG GETARNT

Gespenstschrecken übersieht man leicht. Wenn sie sich auf Blättern oder Zweigen ruhig verhalten, sind sie perfekt getarnt. Gelegentlich wiegen sie sich leicht von einer Seite zur anderen wie ein Blatt oder Zweig im Wind. Sogar die Eier der Gespenstschrecken sind getarnt: als Samen.

Die Kunst des Überlebens

Der Erfolg vieler Insektenarten liegt darin, dass sie wirksame Schutzmechanismen gegen das Gefressenwerden durch andere Tiere entwickelt haben. Viele sind durch ihr Aussehen in ihrer Umwelt fast unsichtbar (S.44–45). Doch es gibt noch andere Möglichkeiten: Schießen mit Qualm und Gestank, Stechen, Beißen, Treten oder scheußlicher Geschmack. Die meisten Tiere meiden nach einer unangenehmen Erfahrung mit einem stachelbewehrten, giftigen oder übel schmeckenden Insekt künftig all jene Insekten, die diesem gleichen. Daraus ziehen einige völlig harmlose Arten ihren Nutzen: Sie imitieren gefährliche oder ungenießbare Insekten in Aussehen und Verhalten, sodass sie von Feinden gemieden werden (Mimikry). In manchen Fällen ist diese Mimikry so hervorragend, dass man nicht weiß, welches Insekt das „Original" und welches die „Fälschung" ist. Doch auch Stacheln und Dornen an Körper und Beinen schrecken Feinde ab; plötzlich aufleuchtende helle Farbzonen erschrecken oder überraschen den Feind zumindest.

KÄFER ODER WESPE?
Die Larven der Bockkäfer bohren in Baumstämmen. Die Käfer paaren sich und legen ihre Eier auf den Stamm. In dieser Zeit sind sie sehr gefährdet. Daher besitzen sie eine gute Tarnfärbung (S.44–45) oder zeigen Mimikry: Sie ähneln den mit Giftstacheln bewehrten Wespen. Auf den ersten Blick ist dieser Bockkäfer aus Borneo *(Nothopeus fasciatapennis)* nicht von der Wespe zu unterscheiden, die er nachahmt *(Hemipepsis speculifer)*.

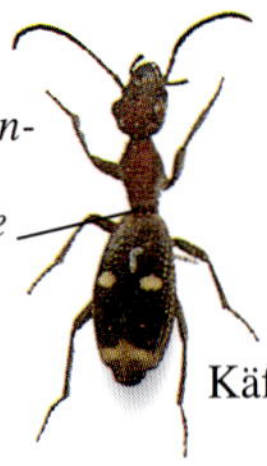

AMEISEN-WESPEN-KÄFER
Bei vielen kleinen Insekten findet man Ameisenmimikry. Dieser harmlose afrikanische Laufkäfer *(Eccoptoptera cupricollis)* hat eine verblüffende Ähnlichkeit mit einer Ameisenwespe, die einen gefährlichen Giftstachel besitzt.

Der dreiteilige Insektenkörper sieht aus wie ein zweiteiliger Spinnenkörper.

SPINNE ODER INSEKT?
Einige Insekten ahmen Spinnen nach. Der Rüsselkäfer *Arachnopus gazella* aus Neuguinea läuft wie eine Spinne und sieht aus wie eine Spinne. Doch im Gegensatz zu seinem Vorbild hat er nicht acht, sondern nur sechs Beine.

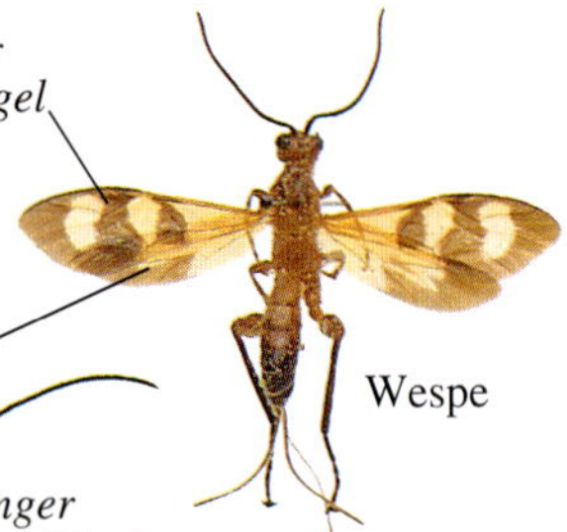

WESPEN-MIMIKRY
Dieser afrikanische Bockkäfer (*Nitocris patricia*) zeigt eine andere Art von Wespenmimikry als *Notopecus* (ganz oben). Die langen, dünnen Deckflügel verschaffen dem Käfer im geschlossenen Zustand eine Wespentaille. Die imitierte Wespe (*Paracollyria* species) parasitiert in Käferlarven. Der Bockkäfer fliegt und rastet wahrscheinlich zusammen mit der Wespe.

BIENENMIMIKRY
In der Nachtfalterfamilie der Glasflügler gibt es viele Wespenimitatoren. Doch diese Art *(Melittia gloriosa)* ähnelt einer dicken Biene, wenn sie die behaarten Beine an den Hinterleib presst. Feinde halten den Glasflügler für eine stachelbewehrte Imme.

Ungewöhnlich kleine Flügel lassen diesen Schmetterling wie eine Hornisse aussehen.

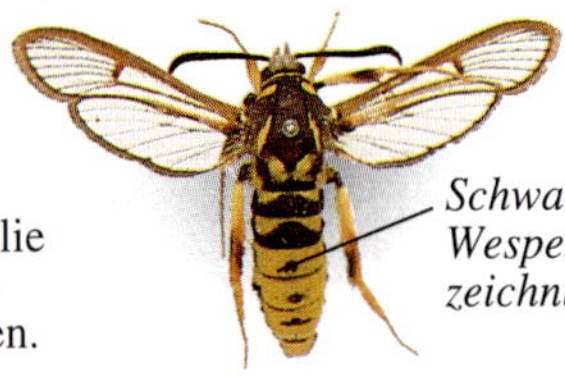

HORNISSENSCHWÄRMER
Viele Insekten gleichen Wespen, z.B. die Blüten besuchenden Schwebfliegen (S.33). Dieser Glasflügler *(Sesia apiformis)* sieht aus wie eine Hornisse, die ausgesprochen schmerzhaft stechen kann.

WARNENDE AUGEN
Eine ganze Reihe von Insekten besitzt eine Augenzeichnung auf ihren Hinterflügeln wie dieser Laternenträger (*Fulgora laternaria*). In Ruhe sind diese Augen verdeckt. Doch bei Gefahr lässt der Schmetterling sie aufblitzen und kann so seinem überraschten Feind entfliehen. Vielleicht halten Vögel diese Augen im ersten Moment für Augen ihrer Feinde, z.B. einer Katze oder einer Eule.

Die Augenflecken erinnern an Eulenaugen.

CHEMISCHE KEULE

Wird ein Bombardierkäfer *(Brachinus crepitans)* angegriffen, mischt er im Hinterleibsende zwei Flüssigkeiten zusammen. Eine explosionsartige Reaktion setzt eine fein zerstäubte beißende Flüssigkeit frei.

EINE SCHLANGE IM GRAS

Einige Schmetterlingsraupen mit ungewöhnlich großen Köpfen machen ihre Feinde glauben, sie seien Schlangen. Diese brasilianische Schwärmerraupe (*Leucohampha ornatus*) hebt bei Gefahr den Kopf und bläht die Brust auf, sodass diese Körperteile einen „Schlangenkopf" bilden.

Kleiner Kurier *(Heliconius erato)* aus dem südlichen Ecuador

Kleiner Kurier *(Heliconius erato)* aus Westbrasilien

Kleiner Kurier *(Heliconius erato)* aus Südbrasilien

MIMIKRY-RINGE

Einige Schmetterlinge, z.B. einige Heliconiiden (Passionsfalter), fressen als Raupen giftige Pflanzen. Daher sind Raupen und Schmetterlinge ungenießbar und werden von Vögeln gemieden. Andere Arten sind nicht giftig, gleichen aber der giftigen Art so sehr, dass auch sie von Feinden als ungenießbar angesehen werden. Die einzelnen Arten sind z.T. in verschiedenen Regionen ganz unterschiedlich gefärbt, doch immer gleichen sich „Original" und „Fälschung". Die sechs abgebildeten Schmetterlinge stellen zwei Arten aus drei verschiedenen Regionen Südamerikas dar.

Kurier *(Heliconius melpomene)* aus Westbrasilien

Kurier *(Heliconius melpomene)* aus Südbrasilien

Kurier *(Heliconius melpomene)* aus dem südlichen Ecuador

WERKZEUGE STATT WAFFEN

Die Stachelbeine und die mächtigen Kiefer dieser südamerikanischen Heuschrecke dienen zum Festhalten und Zerkleinern der Nahrung – doch sie schrecken auch Feinde ab.

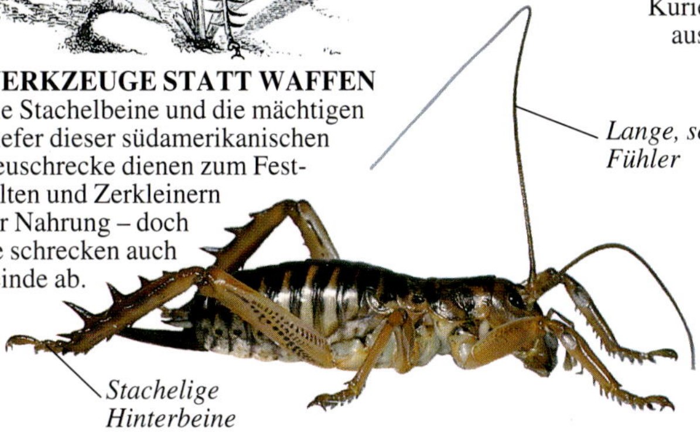

1 VORSICHT ...
Weil es in Neuseeland keine Säugetiere gab, übernahmen große Langfühlerschrecken die Rolle kleiner Räuber. Sie ernähren sich ähnlich wie unsere Spitzmäuse. Diese riesigen Insekten sind jedoch heute – abgesehen von einigen kleinen Inseln – fast ausgestorben, weil der Mensch Ratten nach Neuseeland eingeschleppt hat.

2 ... ICH TRETE!
Wird sie angegriffen, erhebt die Weta *(Hemideina thoracia)* drohend die Hinterbeine. Tritt sie zu, können die Stacheln böse Wunden schlagen.

Wasserleben

Die ersten Insekten waren Landtiere. Dies wird an ihrem Atemsystem (S.6–7) deutlich, das an Luftatmung angepasst ist. Wasserinsekten benötigen daher spezielle Anpassungen: Sie müssen mit der Luft auskommen, die sie von Zeit zu Zeit über Wasser „tanken“, oder wie die Fische in der Lage sein den im Wasser gelösten Sauerstoff aufzunehmen. Eine Reihe von Insekten, z.B. Libellen und Mücken, nutzen als Larven oder Nymphen das Nahrungsangebot des Wassers für Wachstum und Entwicklung. Einige Insekten sind ganz zu Wassertieren geworden und auch die Vollkerfe verlassen das Wasser nur, wenn sie gezwungen sind in einen anderen Tümpel auszuwandern. Die meisten Wasserinsekten sind Räuber oder Aasfresser.

Eintagsfliege

WASSERSKI
Der Wasserläufer *(Gerris lacustris)* gleitet übers Wasser und frisst ertrinkende Insekten.

RÜCKENSCHWIMMER
Der Rückenschwimmer *(Notonecta glauca)* ist eine räuberische Wanze, die knapp unter der Wasseroberfläche auf dem Rücken schwimmend ins Wasser gefallene Insekten erbeutet. Um frische Luft zu schnappen, hält er sein Hinterleibsende aus dem Wasser. Die Luft wird unter den Flügeln gespeichert und nach und nach durch die Atemöffnungen aufgenommen.

SCHWIMMWANZE
Schwimmwanzen *(Ilyocoris cimicoides)* besitzen kräftige Vorderbeine, mit denen sie Beute fangen und schmerzhaft kneifen können.

KÜNSTLICHE LUNGE
Kleine Härchen am Bauch einer Schwimmwanze halten eine Luftblase fest. Das Tier atmet die Luft aus dieser Blase ein. Der verbrauchte Sauerstoff wird durch im Wasser gelösten ständig ersetzt.

RIESENWASSERWANZE
Diese Riesenwasserwanze (verkleinerte Abbildung) wurde um 1700 von Maria Merian in Surinam gemalt.

SCHWIMMKÄFER
Der Gelbrand *(Dytiscus marginalis)*, ein gefräßiger Räuber, jagt Insekten und kleine Fische. Wie der Rückenschwimmer speichert er Luft unter den Flügeln. Bei Bedarf kann er zu einem anderen Teich fliegen.

RÄUBERISCHE NYMPHE
Kleinlibellenlarven (S.26) atmen mit drei äußeren Kiemen am Hinterleibsende.

KÖCHERFLIEGENLARVEN
Viele Köcherfliegenlarven (z.B. *Limnephilus*) spinnen zum Schutz und zur Tarnung eine Seidenröhre, in die sie Steinchen, Sandkörner oder Pflanzenstücke einbauen.

SCHWIMMKÄFERPUPPE
Die Gelbrandlarve kriecht aus dem Wasser, vergräbt sich im feuchten Erdreich und verpuppt sich (S.24–25). Der frisch geschlüpfte Käfer bleibt noch etwa eine Stunde in der Puppenhöhle, bis die Deckflügel hart sind.

LIBELLE

Die Farben der Großlibellen leuchten in der Sonne, wenn sie über dem Wasser scheinbar in der Luft stehen, um dann plötzlich pfeilschnell einem Beutetier nachzujagen.

AUS DEM WASSER IN DIE LUFT

Wenn sie groß genug sind, klettern die flügellosen Libellennymphen an einem Stängel aus dem Wasser. Sie werfen die Nymphenhaut ab und werden zu einem majestätischen Fluginsekt.

Atemröhre

Haarkämme strudeln Nahrungsteilchen in den Mund.

LUFTRÖHRE

Stechmückenlarven *(Culex)* besitzen keine Beine, können aber mit Schlängelbewegungen schwimmen. Sie kommen zum Atmen an die Wasseroberfläche und nehmen Luft durch ein Atemrohr am Hinterleibsende auf.

AUF STELZEN ÜBERS WASSER

Der Teichläufer *(Hydrometra stagnorum)*, eine räuberische Wanze, stelzt hochbeinig und bedächtig über das Wasser. Er frisst tote und sterbende Insekten.

Lange Fühler

WASSERKÄFERLARVE

Die Gelbrandlarve besitzt spitze Kieferzangen, mit denen sie Verdauungsflüssigkeit in die Beute pumpt. Später saugt sie die aufgelöste Beute aus. Die Atmung erfolgt über eine Öffnung am Hinterleibsende. Dazu hängen sich die Larven an der Wasseroberfläche auf.

Spitze Greifzangen

Paddelartige Hinterbeine

Libelleneier kleben in Laichteppichen mehrere Tage an Pflanzen.

Ei von Gallerte umgeben

Großlibellenlarven haben keine äußeren Kiemen.

KLEINER RÜCKENSCHWIMMER

Den Kleinen Rückschwimmer *(Sigara striata)* findet man oft in verschmutztem Wasser. Er ist zwar ein Räuber, frisst aber auch verwesende Pflanzen und Tiere.

Großlibellenlarven haben z.T. Entwicklungszeiten von 2–3 Jahren und ernähren sich u.a. von kleinen Fischen und Kaulquappen.

Spitze Haken

Ausgefahrene Fangmaske

TANZMÜCKEN

Die kleinen, nicht stechenden Zuckmücken (*Chironomus*) tanzen oft in Schwärmen über dem Wasser. Die Larven fressen Bakterien und sind wichtig für die Wasseraufbereitung in Klärwerken.

Zuckmückenlarve

Fangmaske

Großlibellenlarve

MASKIERTE NYMPHEN

Bei Libellenlarven ist die Unterlippe zu einer hakenbewehrten Fangmaske umgebildet. Diese schießt nach vorn, fängt die Beute und zieht sie zu den Kiefern heran.

EINTAGSFLIEGENLARVE

Eintagsfliegennymphen ernähren sich vegetarisch und atmen mit Tracheenkiemen am Hinterleib.

Tracheenkiemen

Nestbau

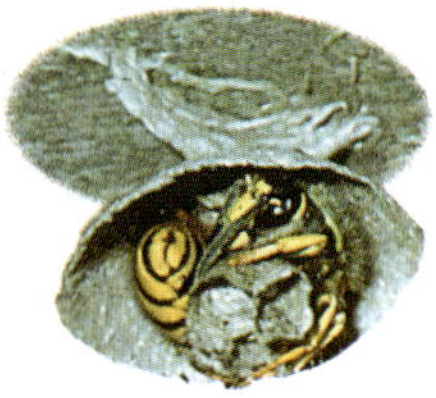

DER ANFANG
Die Wespenkönigin beginnt den Nestbau mit einem kurzen Zapfen, an dem ein Teller hängt, der vier bis fünf Zellen bedeckt. Am Grund jeder Zelle wird ein Ei abgelegt.

Die Nester der Gemeinen Wespe (*Paravespula vulgaris*) werden immer von einer einzigen Königin begonnen. Sie baut eine Reihe von Papierhüllen aus zerkauten, eingespeichelten Holzfasern und legt in diese ihre Eier. Die Brut dieser ersten Eier muss sie allein pflegen, bis die jungen Wespen schlüpfen: die ersten Arbeiterinnen. Diese übernehmen den Weiterbau des Nests und die Versorgung der Brut. Die Königin kann nun im Nest bleiben und Eier legen. In jedem Frühjahr werden neue Nester angelegt. Lediglich in Teilen Neuseelands mit sehr milden Wintern, bewohnen eingebürgerte europäische Wespen ein Nest über mehrere Jahre.

1 DÄMMSCHICHTEN
Die Königin baut mehrere Hüllen um ihren kleinen Stock. Diese Papierlagen schützen die Larven vor kaltem Wind. Die Gemeine Wespe baut ihre Nester immer mit der Öffnung nach unten. Bei einigen tropischen Wespenarten ist es umgekehrt (S.52–54).

2 DAS WEISSE HAUS
Wespen haben Stammplätze, an denen sie ihr „Bauholz" holen. Diese Königin hat fast weißes Nestbaumaterial gefunden. Sie kaut das abgeschabte Holz und macht daraus Papier zur Nesterweiterung.

BRUTPFLEGE
Wenn die Larven schlüpfen, muss die Königin Raupen als Nahrung herbeischaffen und zusätzlich neues Baumaterial zur Erweiterung der Zellen suchen.

3 WACHE HALTEN
Der Nesteingang ist jetzt nur noch ein enges Loch und kann leichter gegen andere Insekten verteidigt werden, auch gegen andere Wespenköniginnen, die das Nest gern übernehmen würden. Außerdem lassen sich Temperatur und Feuchtigkeit besser regeln.

LARVEN
Bei der nährstoffreichen Kost aus zerkauten Insekten und Raupen wachsen die Larven schnell. Die Zeit vom Ei bis zur Wespe schwankt je nach Temperatur und Nahrungsangebot, beträgt aber in der Regel etwa fünf Wochen.

MASSARBEIT
Beim Nestbau misst die Königin mit ihren Fühlern die Größe der Hüllen und der Zellen.

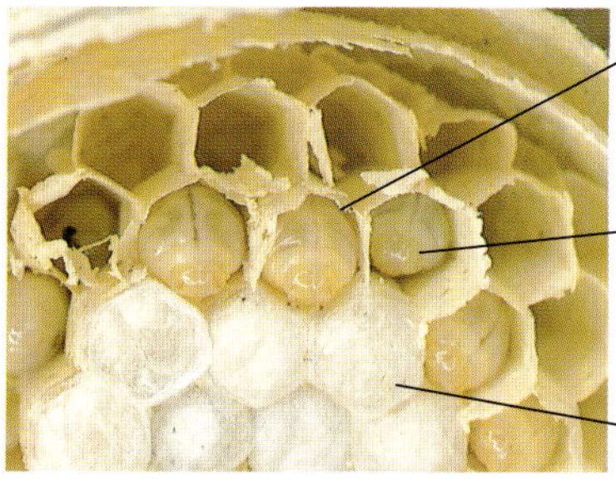

Ei am Grund der Zelle

Heranwachsende Larve

Puppenzelle, mit Seide versiegelt

LARVEN MIT HUT
Kurz vor ihrer Verpuppung verschließen die Larven ihre Zelle mit einer Seidenkappe. Wenige Tage später schlüpfen die ersten Arbeiterinnen und beginnen mit der Erweiterung des Nests.

4 DAS NEST WIRD BUNT
Die ersten Arbeiterinnen sind meist sehr klein. Sie beginnen sofort an den verschiedensten Stellen Holz zu sammeln, sodass die von ihnen gebauten Wände oft bunt gestreift sind. Häufig sieht man Wespen an Zaunpfählen die Holzoberfläche in parallelen Streifen abkratzen. Das alte Papier im Nestinneren wird weggeknabbert, damit Platz für größere Waben entsteht.

Dunkle Flecken stammen vielleicht von mit Holzschutzmitteln behandeltem Holz.

Die Arbeiterinnen sammeln Fasern von unterschiedlichen Holzarten, sodass das Nest mehrfarbig wird.

5 WIE VIELE WESPEN?
Ein großes Nest der Gemeinen Wespe kann einen Durchmesser von 45 cm haben und mehr als 500 Wespen beherbergen. Sobald eine Zelle frei wird, wird sofort ein neues Ei hineingelegt, sodass zwischen Frühling und Herbst in diesem Nest mehrere tausend Tiere heranwachsen, von denen nur die Königinnen den Winter überleben.

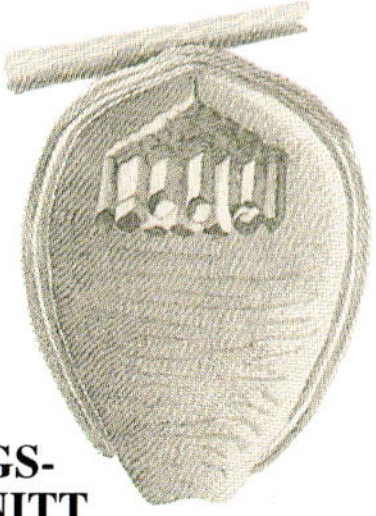

LÄNGSSCHNITT
Diese alte Zeichnung zeigt vereinfacht die Hüllen um die Zellen eines jungen Nests. Ältere Nester beinhalten etwa vier bis fünf Wabenteller.

ERDNESTER
Wespen bauen ihre Nester oft unter der Erde. Wenn das Nest wächst, müssen die Arbeiterinnen Erde und Steine wegräumen, um Platz zu schaffen. Daher findet man am Nesteingang manchmal kleine Steinhäufchen.

6 DIE NÄCHSTE GENERATION
Im Sommer bauen die Wespen einige größere Zellen und füttern die Larven darin mit einer besonderen Nahrung. Diese größeren Larven entwickeln sich zu Männchen und zu Königinnen, die das Nest verlassen und sich paaren. Die befruchteten Königinnen überwintern und beginnen im nächsten Frühling mit dem Nestbau.

Insekten als Baumeister

Wespen, Bienen, Ameisen und Termiten bauen Nester zum Schutz ihrer Brut. Das einfachste Nest ist der kleine Erdbau einer Solitärwespe. Am kompliziertesten gebaut sind die Nester der Termiten, die von Millionen von Arbeitern erstellt werden. Bei manchen Arten werden die Nester von einer einzelnen Königin begonnen und können erst wachsen, wenn die ersten Arbeiterinnen geschlüpft sind. Bei anderen wie den Honigbienen wird die Königin von Anfang an von einem Schwarm von Arbeiterinnen aus ihrem alten Nest unterstützt. In Südamerika findet man noch vielgestaltigere Wespennester als anderswo. Sie werden von einzelnen Weibchen begonnen, von Gruppen kooperierender Weibchen oder von ganzen Weibchenschwärmen, die oft mehrere Königinnen haben.

LANG UND DÜNN
Ropalidia-Wespen, die man von Afrika bis Australien findet, bauen einfache, offene Nester aus jeweils nur wenigen Zellen. Das Weibchen legt in jede Zelle ein Ei und versorgt die heranwachsende Brut.

OFFENE BAUWEISE
Die offenen Nester, die von *Polistes*-Wespen in warmen Ländern gebaut werden, werden manchmal von anderen Arten besetzt.

BLATTNEST
Diese südamerikanische *Protopolybia sedula* baut bis zu zehn waagerechte Wabenteller zwischen die Blätter großer Pflanzen. Ein großes Nest kann bis zu 10.000 Wespen beherbergen.

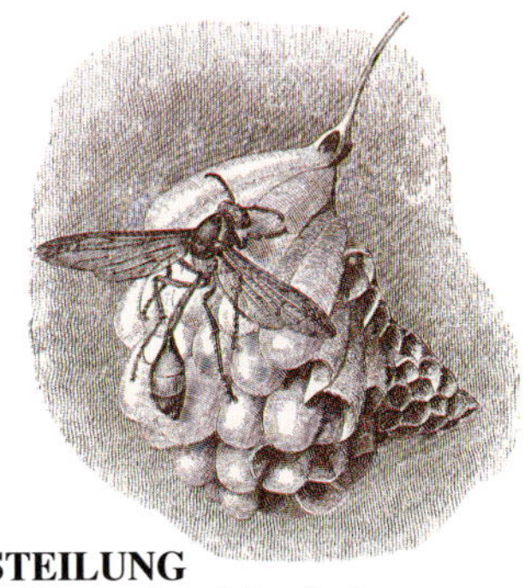

ARBEITSTEILUNG
Die offenen Nester der afrikanischen *Belanogaster*-Wespen werden von einem Weibchen begonnen, zu dem sich später weitere gesellen. Im Gegensatz zu anderen Arten gibt es hier keine Kasten, wenngleich meist ein Weibchen mehr Eier legt als die anderen.

SCHLAMMVASE
Orientalische *Stenogaster*-Wespen bauen hübsche vasenartige Nester aus Schlamm und manchmal Pflanzenfasern. Jedes Nest ist das Werk eines einzigen Weibchens, das zwei bis drei Junge mit Nahrung versorgt und deren Zellen vor der Verpuppung versiegelt.

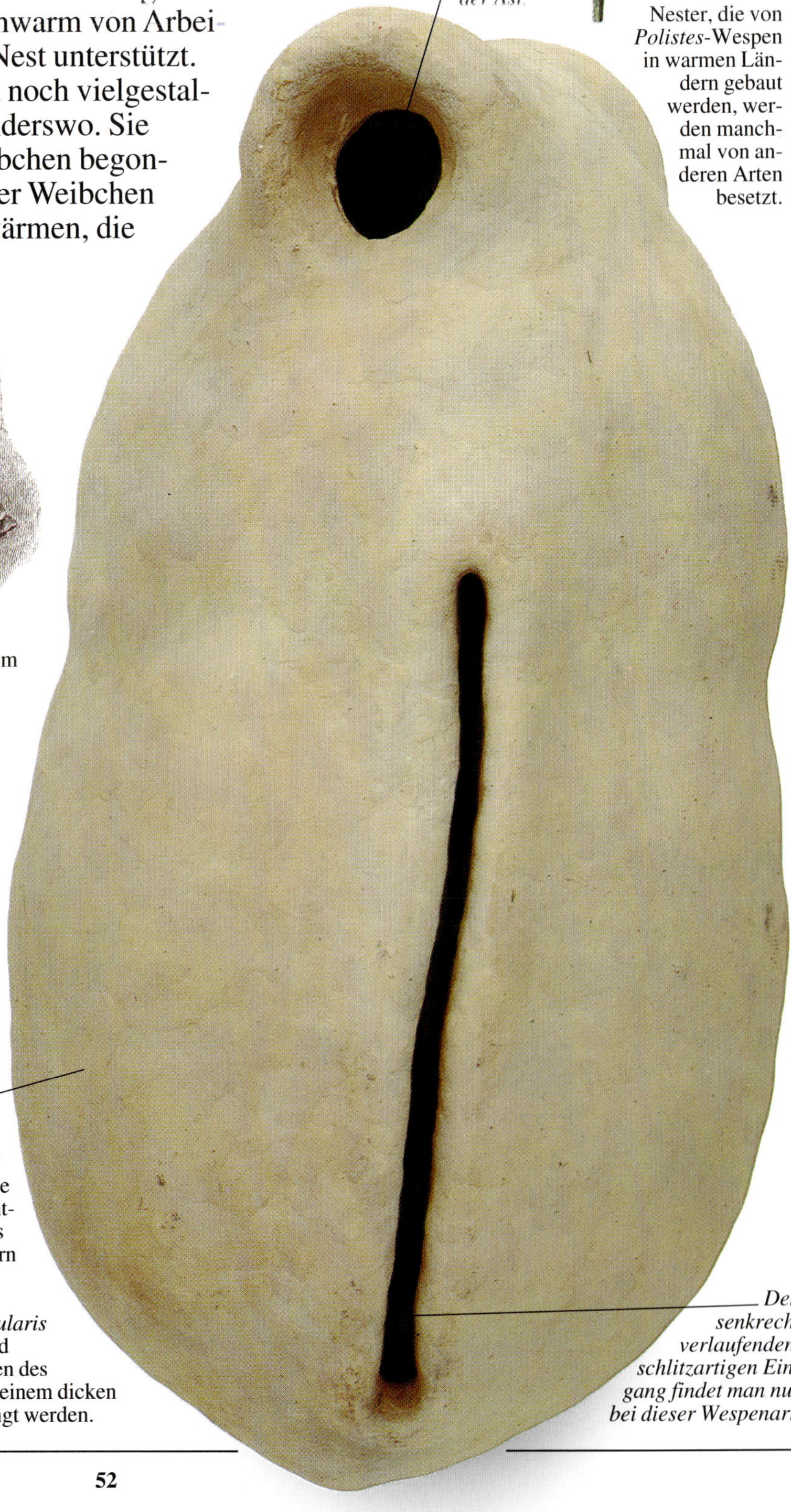

LEHMBAU
Anders als die großen Leichtbaunester aus Pflanzenfasern bestehen die Nester von *Polybia singularis* aus Lehm und müssen wegen des Gewichts an einem dicken Ast aufgehängt werden.

PAPIERKEGEL
Die kegelförmigen Nester der südamerikanischen Wespe *Chartergus globiventris* werden häufig gesammelt, sind aber in ihrer natürlichen Umgebung kaum untersucht. Sie hängen von einem Ast herab, haben immer ein kleines Einflugloch auf der Unterseite und messen von 5 cm Länge und 3 cm Dicke bis 100 cm Länge und 15 cm Dicke. Die größten Nester beherbergen tausende von Wespen mit mehreren Königinnen. Man nimmt an, dass die Schwarmgröße zu Beginn des Nestbaus die Nestgröße bestimmt.

STACHELNEST
Die in Argentinien und Südbrasilien häufige Wespe *Polybia scutellaris* baut ihre Nester häufig unter die Dachüberstände von Häusern. Das Nest besteht aus zerkauten Pflanzenfasern und ist von harten Papierstacheln überzogen.

LÄNGSSCHNITT DURCH EIN PAPPHAUS
Diese Abbildung zeigt einen Längsschnitt durch ein ähnliches Nest wie das darüber abgebildete. Die Wespen sammeln Pflanzenfasern und zerkauen sie zu einem pappmascheeartigen Brei. Daraus bauen sie mehrere Stockwerke mit vielen Wabenzellen zur Aufzucht der Jungen. Die Stockwerke sind durch eine Öffnung in der Mitte miteinander verbunden. Neue Wabenteller werden nach unten angebaut und von einer neuen Hülle umgeben.

BAUMHÄUSER
Diese Zeichnung zeigt ein stacheliges Nest, das aufgrund des andersartigen Einfluglochs wohl von einer anderen Art gebaut wurde als *Polybia scutellaris*.

Fortsetzung auf der nächsten Seite

Fortsetzung von Seite 53

Nest von *Polybia scutellaris* (Südamerika)

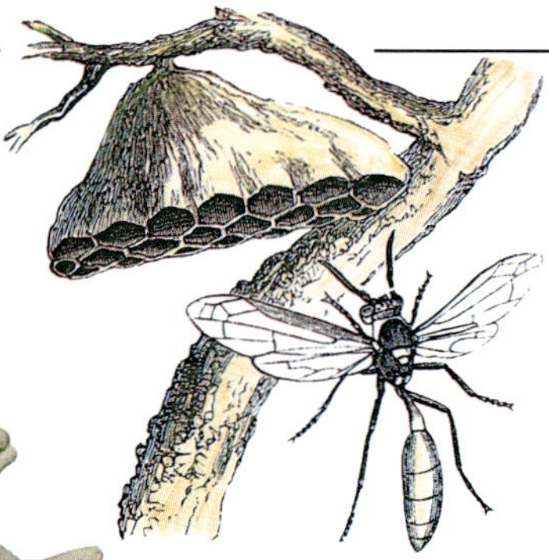

GUT BEWACHT
Diese Wespen *(Apoica pallida)* bauen ein einfaches, offenes Nest mit nur einem Wabenteller. Von oben ist das Nest durch eine kegelförmige äußere Hülle aus Pflanzenfasern geschützt. Im bewohnten Zustand wird es nach unten hin von dicht an dicht sitzenden Wespen bewacht. Ihren Augen und Fühlern – und ihren Stacheln – entgeht kein Feind.

Brutzellen mit Larven

Die stachelige Außenhülle ist aus Pflanzenfasern hergestellt.

Nesteingang

TROMMLERHAUS
Dieses einfache Nest mit nur einem Wabenteller wird flach an einen Ast gebaut und mit einer Hülle aus zerkauten Pflanzenfasern umgeben. Es wird von einem Wespenschwarm gebaut, dem wahrscheinlich mehrere Königinnen angehören. Die metallisch blauen Wespen *(Synoeca surinama)* gehören zu den größten sozialen Wespen in Südamerika und können mit ihrem großen Stachel schmerzhaft stechen. Bei Störungen trommeln sie warnend an die Innenwände ihres Nests.

WINTERMANTEL
Von einigen *Polybia-scutellaris*-Nestern weiß man, dass sie 30 Jahre überdauert haben. Die dicke, stachelige Außenhülle schützt die Wespen in den kühleren Wintern des südlichen Südamerika.

Einflugloch

Termiten

Die größten und kompliziertesten Insektenstaaten bilden die mit den Schaben verwandten Termiten. Die Nester einiger Arten wie der westafrikanischen *Macrotermes bellicosus* (unten) beherbergen bis zu 5 Mio. Tiere. Die komplizierten Termitenbauten besitzen sogar eine Klimaanlage. In einem Nest leben in der Regel nur eine Königin, die etwa alle drei Sekunden ein Ei legt, und ein einziger König, der für die Befruchtung der Eier sorgt. In einem großen Nest können die beiden bis zu 15 Jahre alt werden. Die unförmige Königin lebt in einer besonderen Kammer und wird von zahlreichen Arbeitern ernährt. Große Termitensoldaten bewachen die Zugangswege zum Nest. Die gesamte Nahrung für das Nest wird von Arbeitern herangetragen. Anders als bei Ameisen gibt es sowohl bei den Soldaten als auch bei den Arbeitern männliche und weibliche Tiere. Termiten sind Vegetarier. Einige Arten fallen über junge Pflanzen her, andere fressen Samen, die meisten aber Holz, und viele züchten Pilze, die die Pflanzenfasern für sie verdauen.

BAUMTERMITEN
Viele Termitenarten bauen Nester in Bäumen, die meist mit anderen Teilen der Kolonie im Boden oder in anderen Bäumen in Verbindung stehen. Termiten bauen Verbindungstunnel durch Holz und Erdreich oder überdachen ihre Laufwege mit verklebter Erde. Die Laufwege und Tunnel des rechts abgebildeten *Macrotermes*-Nests erstrecken sich über 1 Hektar.

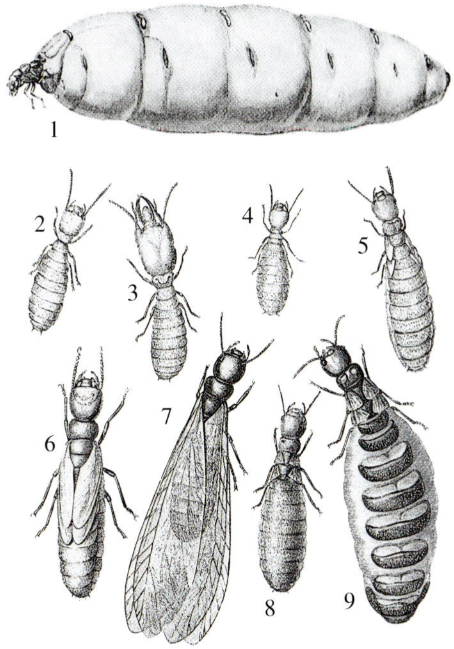

TERMITENKASTEN
1) Kriegertermitenkönigin; Kopf und Brust erscheinen winzig im Verhältnis zum riesigen Hinterleib; 2) Arbeiter; 3) Soldat; 4) Junge Nymphe; 5) Kurzflügelige Nymphe; 6) Langflügelige Nymphe; 7) König; 8) Junge Königin; 9) Eier legende Königin (Flügel nach dem Hochzeitsflug abgeworfen)

EINE STADT MIT KLIMAANLAGE
Dieser westafrikanische Turmbau der Kriegertermite *(Macrotermes bellicosus)* stellt einen riesigen Abluftschacht dar, durch den heiße Luft aus dem Nest entweichen kann. Unter dem Turm befindet sich eine Höhle von etwa 3 m Durchmesser, in der sich die Brutgallerien, die Königinnenkammer und die Pilzgärten befinden. Unter der Haupthöhle liegen über 10 m tiefe Wasserreservoirs. In der Haupthöhle befindet sich eine Öffnung in den Turm, die mit Erde verschlossen oder wieder geöffnet wird, je nachdem ob weniger oder mehr warme Luft das Nest verlassen soll. So lässt sich die Nesttemperatur auf 1 °C genau regeln.

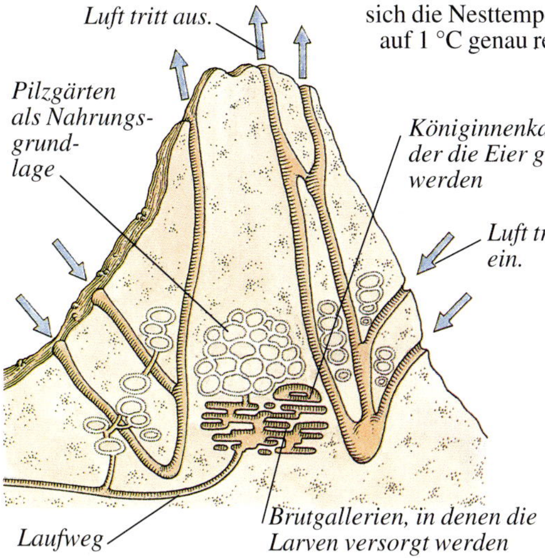

IN EINEM TERMITENNEST
Das Nest von *Macrotermes subhyalinus* unterscheidet sich von dem der verwandten *M. bellicosus*, doch das Prinzip der Temperaturregelung ist das gleiche.

RÄTSELHAFTE SCHIRME
Die etwa 45 cm hohen hutpilzförmigen Nester der afrikanischen *Cubitermes*-Arten sind wohlbekannt. Ein Nest entsteht immer verborgen in der Erde. Dann werden eine oder mehrere Säulen gebaut, auf jeder Säule bis zu fünf Hüte, damit das Erdnest bei Regen nicht überschwemmt wird. Eine eigene Königinnenkammer gibt es bei diesen Termiten nicht.

Die Wände bestehen aus Lehmkügelchen, die mit Speichel verklebt werden.

Ameisenstaaten

AMEISENBÄREN
Ameisenbären fressen Ameisen und Termiten. Kräftige Krallen und eine lange Schnauze sind die dafür geeigneten Werkzeuge.

Ameisen sind nahe mit Bienen und Wespen verwandt (S.38–39). Die meisten Arten leben in großen Kolonien und bauen umfangreiche Nester. Einen König wie bei den Termiten gibt es nicht. Kurz nachdem eine junge Königin im alten Nest geschlüpft ist, fliegt sie aus und paart sich mit einem geflügelten Männchen. Das Sperma bewahrt sie in einem Samenbehälter auf. Es reicht für den Rest ihres Lebens zur Befruchtung der Eier. Nach dem Hochzeitsflug wirft die Königin die Flügel ab und gründet einen neuen Staat, in dem die meiste Arbeit von unfruchtbaren Arbeiterinnen erledigt wird. Neben den sozialen gibt es solitäre und parasitische Arten; einige Ameisen halten sich Sklaven aus anderen Nestern; Kuckucksameisenköniginnen dringen in fremde Nester ein und bringen die Arbeiterinnen dazu, die eigene Königin zu töten und die Brut der Kuckuckskönigin aufzuziehen.

GEWICHTHEBEN
Beunruhigte Ameisen rennen emsig umher, um das Nest zu verteidigen und wieder aufzubauen; doch zuerst wird die Brut an einen sicheren Ort geschafft. Die großen weißen Gebilde auf dem Bild sind keine Eier, sondern Puppen mit fast schlupfreifen Imagines. Ameisen können mehr als das Doppelte ihres Gewichts tragen.

WALDAMEISEN
Waldameisen sind wichtige Schädlingsvernichter. Eine große Kolonie kann an einem Tag viele tausend Insekten fangen. Ein großes Nest beherbergt um die 100.000 Ameisen mit mehreren Königinnen und überdauert mehrere Jahre. In Aachen wurde 1880 die Rote Waldameise als erstes Insekt unter Naturschutz gestellt.

Die Blätter werden ins Nest getragen und dort in kleine Stücke zerschnitten. Sie dienen einem Pilz als Nahrung, den die Ameisen fressen.

Die Ameisen im Nest zerkleinern die Blätter und düngen die Pilzgärten mit ihren Ausscheidungen.

Der Pilz gedeiht nur unter der Obhut der Ameisen. Ohne sie geht er ein.

Blattstücke werden am Nesteingang abgelegt. Die Gärtnerinnen holen sie dort ab und ziehen sie ins Nestinnere.

Blattschneiderameisen

Die Blattschneiderameisen der Tropen und Subtropen Amerikas (hier: *Atta cephalotes*) schneiden kleine Stücke von Blüten und Blättern ab und transportieren sie zum Nest. Im Nest werden die Blattstücke weiter zerkleinert. Auf ihnen wächst dann ein Pilz, der den Ameisen als Nahrung dient. Das Blattschneidernest liegt in der Regel unter der Erde und verfügt über eine Klimaanlage, damit Nesttemperatur und Luftfeuchtigkeit konstant bleiben. Ein großes Nest kann einige Meter Durchmesser haben und beherbergt mehrere Pilzgärten und Brutkammern. Eine Blattschneiderkolonie benötigt Unmengen von Blättern. In ihrer natürlichen Umgebung ist das kein Problem. Doch in Obstplantagen können sie zu Schädlingen werden.

Diese Ameisen gehen erneut Blätter sammeln.

Eine Ameise kann ein Blattstück tragen, das mehr als doppelt so groß ist wie sie.

HONIGTOPFAMEISEN

In den Trockengebieten der Erde ist bei verschiedenen Ameisenarten unabhängig voneinander eine bemerkenswerte Verhaltensweise entstanden: Sie füttern einige Arbeiterinnen so reichlich, dass deren Hinterleib bis auf das Achtfache anschwillt. In „Kellergewölben“, mehrere Meter tief unter der Erde, hängen diese Speichertiere als lebende „Honigtöpfe“ und warten darauf, während der Trockenzeit von den anderen Ameisen angezapft zu werden.

WEBERAMEISEN

Einige tropische Ameisenarten Afrikas und Asiens bauen Nester in Bäumen, indem sie Blätter zusammennähen. Dazu halten sie eine lebende Larve in den Kiefern und drücken sie erst auf den einen, dann auf den anderen Blattrand. Die Larve scheidet einen Seidenfaden aus, der als Nähgarn dient. Das fertige Nest (rechts) gleicht einem Ball aus Blättern. Bei Störungen warnen die Ameisen geräuschvoll, indem sie von innen an die Blätter klopfen. Wenn die Ameisen beißen, spritzen sie Ameisensäure in die Wunde, wodurch diese besonders schmerzt.

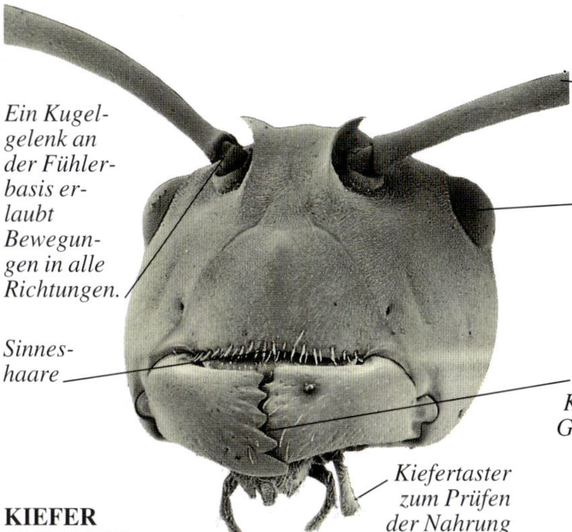

KIEFER UND KOST

Die Form eines Ameisenkiefers hängt von der Nahrung ab. Diese baumlebende Ameise aus Asien besitzt einfache Kiefer mit wenigen Zähnen; sie ernährt sich von weichen Insekten und Honigtau (S.21). Viele Ameisen sind Räuber mit langen, schlanken, spitzen Kiefern. Ernteameisen besitzen zahnlose Mahlkiefer mit breiten Spitzen, mit denen sie Grassamen fressen können.

Zwei Ameisen schneiden mit ihren scharfen, spitzen Kiefern ein Blattstück heraus.

BLATTSPUR

Wie eine Prozession kleiner Blättchen erscheinen die Pfade der Blattschneiderameisen. Die Ameisen leben von den Fruchtkörpern kleiner Pilze, die sie auf den Blättern züchten. Die Ameisen sind auf den Pilz angewiesen, sodass die Königinnen etwas Nährboden und einige „Setzlinge“ auf den Hochzeitsflug mitnehmen.

SCHÖNWETTERARBEITER

Blattschneiderameisen sammeln bei Regen keine Blätter. Sobald die ersten Tropfen fallen, lassen sie die feuchten Blätter außerhalb des Nestes liegen. Vielleicht beeinträchtigen die nassen Blätter die Pilzgärten und damit die Nahrungsgrundlage der Kolonie.

Honigbienen

Vor der Verwendung von Rohrzucker war Honig die einzige Süßstoffquelle des Menschen und entsprechend begehrt. Eine 9000 Jahre alte Höhlenzeichnung aus Spanien belegt, dass Honig wilder Bienen schon seit Jahrtausenden gesammelt wird. Ägyptische Grabmalereien zeigen, dass die Menschen vor 2500 Jahren schon Imkerei betrieben, statt die Nester wilder Bienen zu plündern. Die Methoden der Imkerei haben sich seit damals kaum verändert. Erst in den letzten hundert Jahren versuchte man den Honigertrag durch gezielte Zucht zu verbessern. In einem Bienenstock gibt es drei Kasten der Honigbiene (*Apis mellifera*): eine Königin, d.h. ein fruchtbares, begattetes Weibchen, das alle Eier legt; ein paar hundert Männchen, die Drohnen, deren einzige Funktion es ist, neue Königinnen zu begatten; und bis zu 60.000 unfruchtbare Arbeiterinnen, die die im Bienenstock anfallende Arbeit verrichten.

FLEISSIGE BIENEN
Aus Stroh geflochtene Bienenkörbe wie diesen vor 400 Jahren gezeichneten gibt es heute kaum noch. Im Innern des Korbes bauen die Bienen an einem Stützstab ihre Waben.

SCHWÄRMEN
Ein Bienenvolk zieht in jedem Jahr einige Königinnen (Weiseln) heran. Kurz bevor die erste von ihnen schlüpft, verlassen die alte Königin und etwa die Hälfte der Arbeiterinnen den Stock. Sie schwärmen. Imker versuchen meist diesen Schwarm wieder einzufangen. Die neue Königin tötet nach dem Schlüpfen ihre Rivalinnen und übernimmt nach dem Hochzeitsflug das Volk.

WABEN
Im Stock bauen die Bienen aus Wachs ihre Waben, meist in einen vorgefertigten Rahmen. Die oberen Zellen werden mit Honig und Pollen gefüllt, in den unteren Zellen wächst die Brut heran. Hat eine Biene eine Futterquelle entdeckt, fliegt sie zum Stock zurück und teilt mit einem „Tanz" anderen Sammelbienen mit, wie weit die Futterquelle vom Stock entfernt liegt und in welchem Winkel sie zur Sonne steht.

Bienenwaben bestehen aus Wachs, das die Arbeiterinnen aus Drüsen auf der Bauchseite des Hinterleibes ausscheiden.

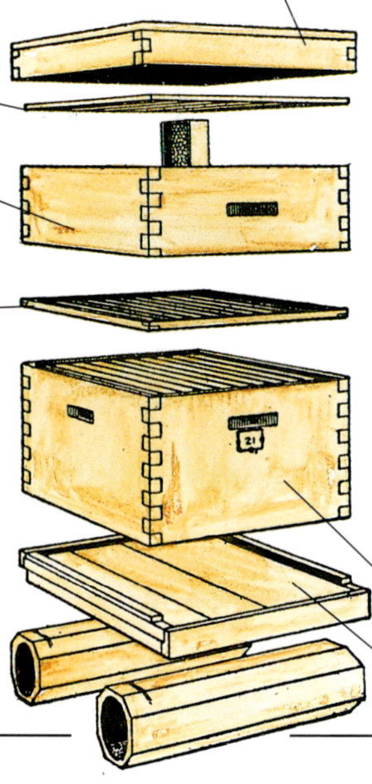

MODERNER BIENENSTOCK
Die modernen Bienenkästen wurden 1851 von Langstroth in Philadelphia, USA, erfunden. In den Kästen stecken herausziehbare Rahmen, deren obere Hälfte für Pollen und Honig und deren untere Hälfte für die Brut vorgesehen ist. Eine „Königinnensperre" verhindert, dass die Königin ihre Eier in den oberen Zellen ablegt.

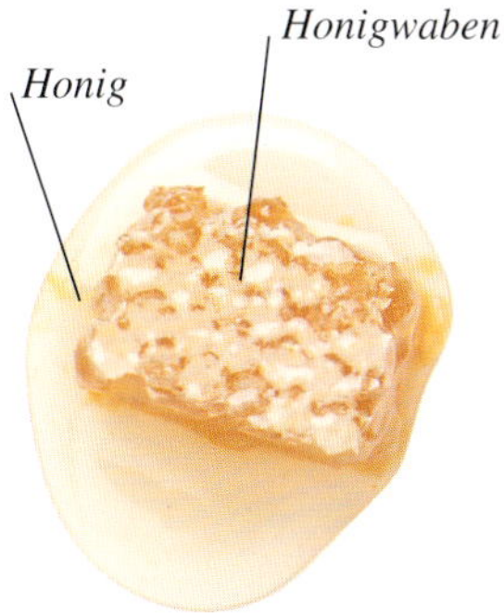

HONIG
Mit Honig gefüllte Waben gelten als Delikatesse.

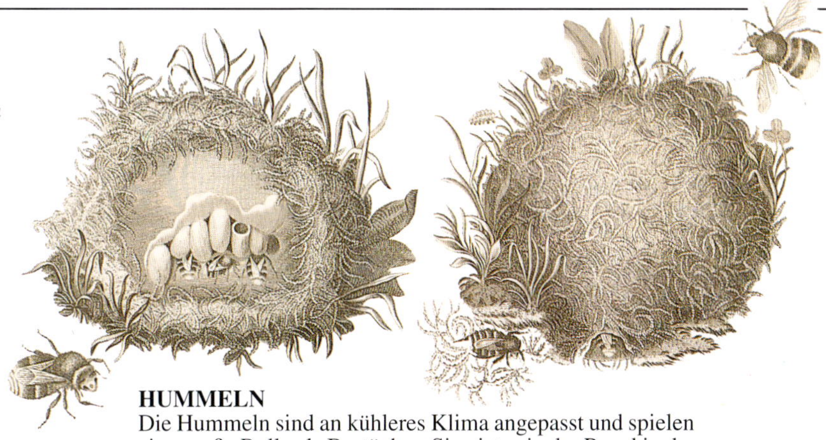

HUMMELN
Die Hummeln sind an kühleres Klima angepasst und spielen eine große Rolle als Bestäuber. Sie nisten in der Regel in den Erdbauten kleiner Säuger, in denen sie ein paar unregelmäßige Zellen bauen.

BIENENHUT
Ein Bienenschwarm lässt sich dort nieder, wo sich die Königin hinsetzt. Wahrscheinlich hat dieser Mann zuerst die Königin in einem kleinen Käfig auf seinen Kopf gestellt.

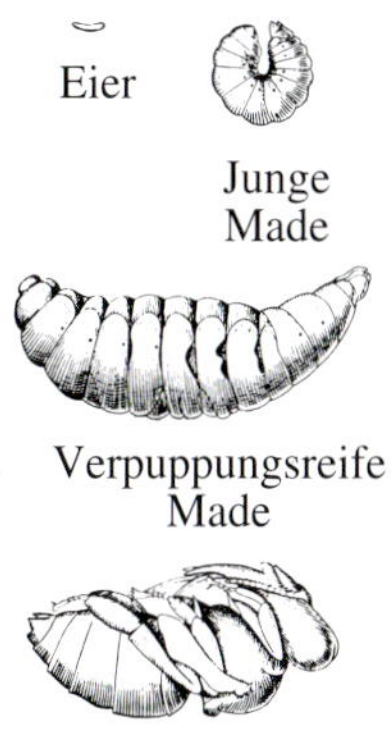

LEBENSLAUF
Bienen durchlaufen eine vollkommene Verwandlung (S. 24–25). Nach dem Schlüpfen übernehmen die Arbeiterinnen nacheinander die Aufgaben einer Putzbiene, einer Ammenbiene, einer Baubiene und einer Trachtbiene.

Nutz- und Schadinsekten

Insekten spielen in vielen Lebensräumen eine zentrale Rolle. Bienen, Fliegen und Schmetterlinge besitzen als Bestäuber auch für die Landwirtschaft eine große Bedeutung. Wespen und Marienkäfer vertilgen Raupen und Blattläuse, die unsere Pflanzen schädigen. Käfer und Fliegen beseitigen Mist und Tierkadaver und führen deren Nährstoffe dem Boden als Dünger für neues Pflanzenwachstum zu. Viele Tiere sind auf Insektennahrung angewiesen und in manchen Gegenden essen auch Menschen fette, saftige Raupen und Maden. Bienen liefern Honig und Wachs, Seidenspinnerraupen Seide; und aus den zermörserten Körpern mancher Insekten werden Speisefarben hergestellt. Doch die meisten Menschen bemerken Insekten erst dann, wenn sie lästig oder schädlich sind. So übertragen viele Insekten Krankheiten bei Menschen, Tieren und Pflanzen und Insekten zerstören jährlich etwa 15 % der Welternte.

Sammeln von Cochenille-Läusen

Cochenille-Farbstoff

FARBEN UND MANNA
Der Speisefarbstoff Karminrot wird aus Cochenille-Läusen *(Dactylopius coccus)* gewonnen. Die Schildläuse (S.36) stammen aus Mexiko, wurden aber wie ihre Futterpflanze, der Feigenkaktus, in anderen heißen, trockenen Ländern angesiedelt. Das biblische Manna war wahrscheinlich die Ausscheidung einer Schildlaus, die auf Tamarisken lebt.

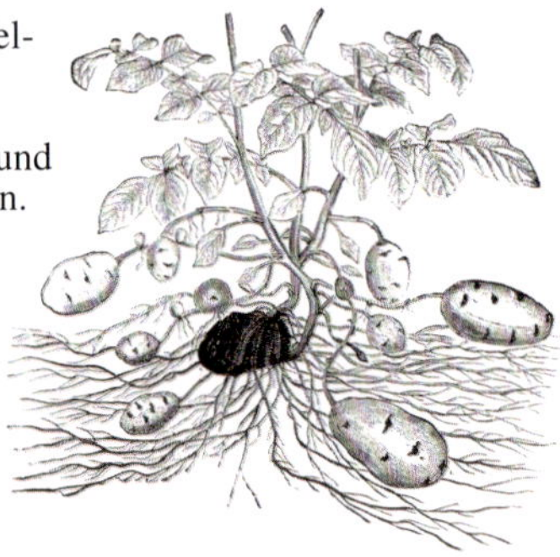
Kartoffelkäfer fressen Blätter und Knospen.

KARTOFFELKÄFER
Der Kartoffelkäfer *(Leptinotarsa decemlineata)* war einst ein harmloser Blattfresser in den nordamerikanischen Rocky Mountains. Als aber Siedler um 1850 Kartoffeln anpflanzten, entwickelte der Käfer eine Vorliebe für diese Nahrung und breitete sich immer weiter aus. 1877 wurde er zum ersten Mal in Deutschland gefunden. Vor der Entdeckung wirksamer Insektizide richtete er große Schäden an.

GIFTPFEILE
Die Puppen des afrikanischen Blattkäfers *Polyclada bohemani* enthalten ein sehr starkes Gift. Südafrikanische Buschmänner benutzen es zum Vergiften ihrer Jagdpfeile.

SCHÄDLINGSSCHÜBE
Die Larven des indischen Bockkäfers *Hoplocerambyx spinocorrus* bohren Gänge in das Holz morscher Salbäume. Gelegentlich vermehren sich die Käfer so stark, dass sie auch gesunde Bäume befallen. Der schlimmste Schädlingsschub zerstörte 1 Mio. Bäume und brachte schwere Verluste für die Holzwirtschaft.

Holzwürmer können Bauholz völlig durchlöchern.

TABAKKÄFER
„Rauchen schadet der Gesundheit", steht auf jeder Zigarettenpackung. Doch Tabakkäferlarven (*Lasioderma serricorne*) stören sich nicht daran. Die Käfer fressen nichts mehr, die Larven leben von Tabak, aber auch von Rosshaar. Die subtropischen Käfer kommen bei uns nur in warmen Lagerhäusern vor.

TOTENUHR
Klopfkäferlarven (z.B. *Xestobium rufovillosum*) sind bekannte Holzschädlinge (Holzwurm). Im Frühling klopfen die Käfer mit dem Kopf an das Holz, um einen Geschlechtspartner anzulocken. Früher hielt man dies für ein Zeichen des nahen Todes (Totenuhr), doch eher kündigt es den Einsturz des Hauses an.

Wüstenschrecke
(Schistocerca gregaria)

Nymphe

Nymphe

Wüsten-schrecken haben Flügel, die Nymphen nicht.

Flug-insekt

HAUS-FRESSER
Termiten können das Fachwerk eines Hauses komplett aushöhlen. Sie lassen nur die äußere, lackierte Schicht übrig. Dieser Türsturz von St. Helena hatte einmal einen Durchmesser von 28 cm.

Termiten fressen nur weiches Holz, härtere Teile lassen sie stehen.

WANDER-HEU-SCHRECKEN
Kurzfühlerschrecken leben meist einzeln. Doch gelegentlich tritt die in Körperbau, Färbung und Verhalten abweichende Wanderphase in riesigen Schwärmen auf.

UNWILLKOMMENE GÄSTE
1920 verbrachten zwei Insektenforscher eine Nacht in Alexandria statt mit Schlafen mit Bettwanzenfangen. Am Morgen hatten sie auf 70 Nadeln je zehn Wanzen gespießt.

HEUSCHRECKEN-SCHWÄRME
Wenn sich ein Heuschreckenschwarm einige Monate lang unkontrolliert vermehrt, wächst die Zahl der Wanderheuschrecken in die Millionen oder gar Milliarden. Solch ein Schwarm frisst ganze Landstriche kahl: eine wahre Heuschreckenplage.

Kornkäfer

Reismehlkäfer

VORRATS-SCHÄDLINGE
Der Reismehlkäfer *Tribolium castaneum* ist ein verbreiteter Schädling in Mehl- und Getreidespeichern. Die Larven des Kornkäfers *(Sitophilus granarius)* leben in Getreidekörnern und machen diese für die weitere Verwendung wertlos.

Blattgallen an einer amerikanischen Weinpflanze

KRANKHEITS-ÜBERTRÄGER
Stechmücken können beim Menschen gefährliche Krankheiten wie Malaria und Gelbfieber übertragen. Wenn sie einmal das Blut eines infizierten Menschen getrunken haben, geben sie die Erreger an alle späteren Opfer weiter.

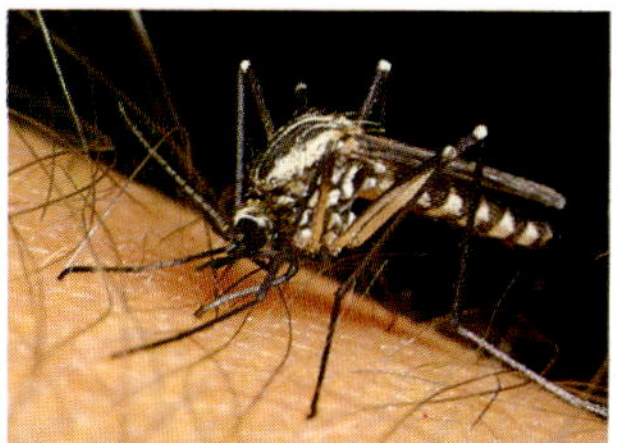

Reblaus

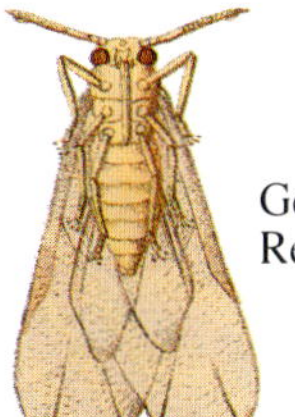

Geflügelte Reblaus

WEINSCHÄDLING
Die Reblaus *(Viteus vitifoliae)*, eine kleine Blattlaus, wurde 1860 von Amerika nach Europa eingeschleppt. In 25 Jahren zerstörte sie 1 Mio. ha Weinpflanzen durch Gallenbildung an den Wurzeln. In Amerika zeigen Rebläuse einen komplizierten Generationswechsel, der sich über zwei Jahre erstreckt und bei dem sie Gallen an Blättern und Wurzeln bilden. An europäischen Reben findet man nur Wurzelgallen.

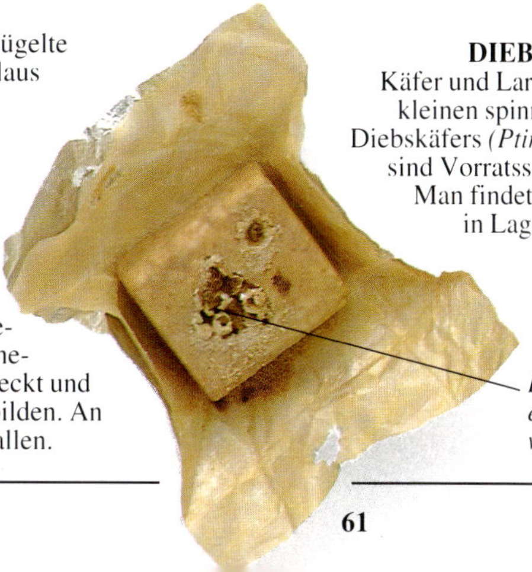

DIEBSKÄFER
Käfer und Larven dieses kleinen spinnenartigen Diebskäfers *(Ptinus tectus)* sind Vorratsschädlinge. Man findet sie häufig in Lagerhäusern.

Diebskäfer an einem Suppenwürfel

Insekten als Hobby

VIVARIUM
Im 19.Jh. war Naturforschung ein beliebtes Hobby. Viele private Sammlungen von Insekten, Pflanzen und Mineralien wurden angelegt. Die Zeichnung zeigt ein Vivarium, einen Glasbehälter, in dem man die Entwicklung verschiedener lebender Insekten beobachten konnte.

Nach mehr als drei Jahrhunderten wissenschaftlicher Insektenforschung sind die meisten europäischen Arten heute bekannt. Doch man hat immer noch kaum eine Vorstellung davon, wie viele verschiedene Arten es in einigen Gebieten Nordamerikas oder in den noch weniger erforschten Tropen gibt. Heute befasst sich die Insektenforschung (Entomologie) mehr mit der ökologischen Bedeutung der Insekten. Welche Rolle spielen sie als Bestäuber? Welche Insekten benötigt man für Zersetzung von Holz und Laub zu Humus? Welche Beziehungen bestehen zwischen Insektenarten und ihren Räubern? – Doch die Beschäftigung mit Insekten kann auch einfach Spaß machen. Um Insektenkunde als Hobby zu betreiben, benötigt man eigentlich nur Geduld und gute Augen, eventuell ein Vergrößerungsglas und einen Fotoapparat. Man kann dann erstaunliche Einblicke in das Leben dieser faszinierenden Tierklasse gewinnen.

JEAN FABRE (1823–1915)
Der Franzose Jean Henri Fabre schrieb viele bekannte Bücher über das Leben der Insekten.

CHLOROFORMFLASCHE
Eine Tötungsmethode für gefangene Insekten war das Auftropfen von etwas Chloroform aus der spitzen Tüllenöffnung einer solchen Messingflasche.

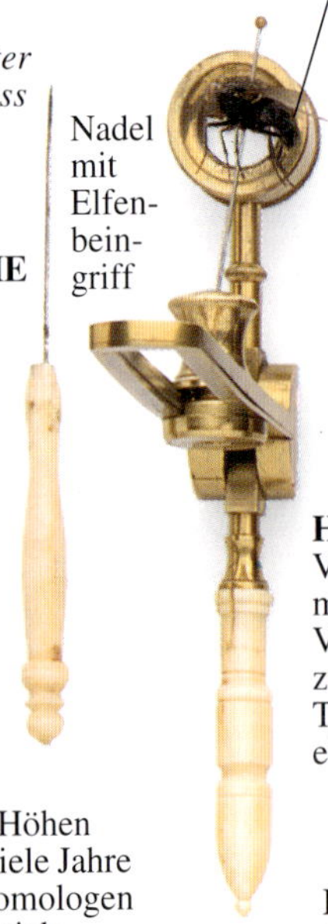

ELFENBEINGRIFFE
Vor der Erfindung der Kunststoffe wurden Präzisionsgeräte aus Messing und Elfenbein hergestellt. Diese Lupe, an der man die Tiere in verschiedenen Höhen befestigen konnte, wurde viele Jahre vom englischen Entomologen Edward Meyrick (1854–1938) benutzt.

HANDLUPE
Vergrößerungsgläser mit 10- bis 25facher Vergrößerung, die man zusammenfalten und in die Tasche stecken konnte, waren einmal sehr beliebt.

INSEKTENBÜCHSE
Insektensammler und Entomologen bewahrten die genadelten Insekten in speziellen, mit Kork ausgelegten Blechdosen wie dieser aus Frankreich auf.

NOTIZBUCH
In den Tagebüchern des englischen Entomologen Charles Dubois (1656–1740) sind seine Insektenbeobachtungen festgehalten, z.T. mit ausführlichen Beschreibungen, Zeichnungen und Anmerkungen zum Verhalten.

Scheren-griff

Feine Baumwollgaze verhindert ein Entkommen des Insekts.

SCHERENNETZ

Mit dem Scherengriff konnte man die runden Gazeflächen schnell zusammenklappen und Insekten fangen.

Feine Spitze für zarte Insekten

Uhrmacherpinzette

Rechteckige Spitze für Nadeln

Pinzette

Nadelhalter aus Metall

WERKZEUGE

Eine Uhrmacherpinzette eignet sich gut zum Aufnehmen kleiner Insekten, Pinzetten mit breiter Spitze zum Halten der Nadeln. In Metallgriffe kann man verschieden große Nadeln stecken, um z.B. ein Bein oder einen Fühler in die richtige Lage zu bringen.

SAMMLER

Diese Zeichnung (um 1740) von R.A.F. de Réaumur zeigt Herren mit Perücke und höfischer Kleidung des 18. Jh.s. Ihre Netze haben eine seltsame Hutform.

Alte Nadelschachtel

ETIKETTEN

Der wissenschaftliche Wert eines gesammelten Insekts hängt meist von den beigefügten Informationen ab, z.B. über Fundort und -zeit sowie Nahrungspflanzen. Die Etiketten müssen klein, aber gut lesbar sein wie bei diesen kleinen Zikaden.

Etiketten

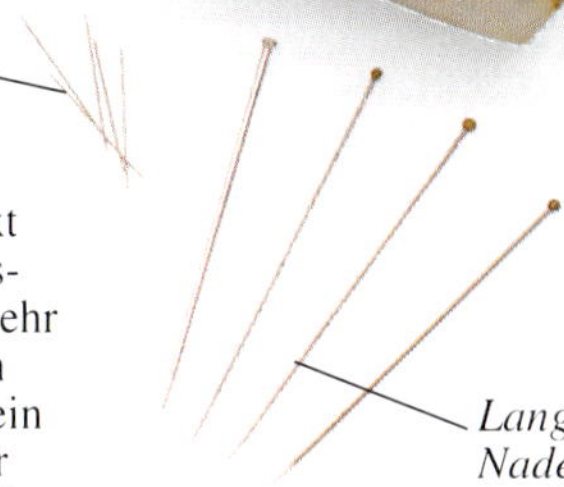

Feine Nadeln für kleine Insekten

Lange, feste Nadeln für größere Insekten

INSEKTEN-NADELN

Für jedes Insekt gibt es eine passende Nadel. Sehr kleine Insekten klebt man auf ein Pappstück oder fixiert sie auf einem Objektträger.

Objektträger

KLEINE INSEKTEN

Viele Insekten sind unter 1 mm groß – zu klein zum Nadeln. Man hebt sie in der Regel in Alkohol auf und untersucht sie auf Objektträgern oder in Uhrglasschälchen unter dem Mikroskop.

Glasschälchen mit Alkohol

Der Kastenboden ist mit Styropor beschichtet.

MODERNER KUNSTSTOFF-SAMMELKASTEN

Kunststoff ist leichter als Metall und man kann die Sammlung bei geschlossenem Deckel betrachten. Dieser Kasten enthält kleine Nachtfalter, die mit einer Lichtfalle gefangen wurden.

MODERNE FALLEN

Bei dieser Eklektorfalle versuchen die Insekten nach oben zum Licht zu gelangen und krabbeln in das Fanggefäß. Diejenigen, die nach unten fallen, können entkommen.

Ausrottung

In den letzten Jahren hat der Mensch überall die Landschaft drastisch verändert. Wälder und Moore mussten der Landwirtschaft oder Siedlungen weichen. Diese Lebensraumzerstörung hat viele Insekten rar werden lassen. Einige sterben aus, noch bevor sie entdeckt wurden. Vom St.-Helena-Ohrwurm dagegen weiß man, dass es ihn gab. Das große Insekt lebte auf der Insel St. Helena im südlichen Atlantik, doch schon seit Jahren hat man keine lebenden Vertreter mehr gesehen.

Ausgestorbener St.-Helena-Ohrwurm